莫泊桑
中短篇
小说全集

Guy de Maupassant

CONTES ET
NOUVELLES DE
GUY DE MAUPASSANT

莫泊桑中短篇小说全集

CONTES ET
NOUVELLES
DE GUY DE
MAUPASSANT

泰利埃公馆
La Maison Tellier

人民文学出版社

〔法〕莫泊桑 ◆ 著　张英伦 ◆ 译

Guy de Maupassant
CONTES ET NOUVELLES DE GUY DE MAUPASSANT

图书在版编目（CIP）数据

泰利埃公馆 ／（法）莫泊桑著 ；张英伦译． －－ 北京 ：
人民文学出版社，2025． －－（莫泊桑中短篇小说全集）．
ISBN 978－7－02－019052－2

Ⅰ．I565.44

中国国家版本馆 CIP 数据核字第 20248KU950 号

吉·德·莫泊桑
Guy de Maupassant
1850—1893

二〇二二年七月译者在克鲁阿西
参观蛙泽博物馆时与接待人员合影

张英伦

作家、法国文学翻译家和研究学者、中国作家协会会员、旅法学者。

◆ 一九六二年北京大学西语系法国语言文学专业本科毕业。一九六五年中国社科院外国文学研究所研究生毕业。曾任中国社科院外国文学研究所研究生导师、外国文学函授中心校长、中国法国文学研究会常务副会长、法国国家科学研究中心研究员。

◆ 著作有《法国文学史》(合著)、《雨果传》、《大仲马传》、《莫泊桑传》、《敬隐渔传》等。译作有《茶花女》(剧本)、《梅塘夜话》、《莫泊桑中短篇小说选》、莫泊桑中短篇小说分类五卷集、《奥利沃山》等。主编有《外国名作家传》、《外国名作家大词典》、"外国中篇小说丛刊"等。

保尔·奥朗道尔夫插图本《泰利埃公馆》卷封面

La Maison Tellier

Par Guy de Maupassant

Librairie Paul Ollendorff (1902)

Illustrations de René Lelong

Gravures de Georges Lemoine

本书根据法国保尔·奥朗道尔夫出版社出版的
插图本莫泊桑全集《泰利埃公馆》卷（1902）翻译

插图画家：勒内·勒隆
插图木刻家：乔治·勒姆瓦纳

译者致读者

吉·德·莫泊桑（1850—1893）是十九世纪法国文坛一颗闪耀着异彩的明星，他的《一生》《漂亮朋友》等均跻身世界长篇小说名著之林，而他的中短篇小说创作尤其成就卓著，影响广泛且深远，为他赢得"短篇小说之王"的美誉。

莫泊桑的中短篇小说深深植根于现实的土壤，题材广泛，以描摹他那个时代法国社会风俗为主体，人生百态尽在其中。对上流社会的辛辣批判和对社会底层的诚挚同情，是贯穿其中的令人瞩目的主线。他的慧眼独到的观察，妙笔生花的细节描写，在法国后期现实主义小说创作中出类拔萃，发扬法国文学的悠久传统，他的小说作品，无论挞伐、针砭、揶揄、怜悯，喜剧性手法是其突出的特色。

莫泊桑的中短篇小说，绝大部分首先发表于报刊，之后收入各种莫氏作品集。仅作家在世时自编的小说集就有十五种之多。

后世出版的莫泊桑作品集,影响最大的当推保尔·奥朗道尔夫出版社出版的《插图本莫泊桑全集》(1901—1912)。这套全集里的中短篇小说部分共十九卷,其中的十五卷篇目和目次均与莫氏自编本基本相同,即:《山鹬的故事》(1901)、《密斯哈丽特》(1901)、《菲菲小姐》(1902)、《伊薇特》(1902)、《于松太太的贞洁少男》(1902)、《泰利埃公馆》(1902)、《月光》(1903)、《图瓦》(1903)、《奥尔拉》(1903)、《小洛克》(1903)、《帕朗先生》(1903)、《左手》(1903)、《白天和黑夜的故事》(1903)、《无用的美貌》(1904)、《隆多利姐妹》(1904);另有四卷为该出版社补编,即:《巴黎一市民的星期日》(1901)、《羊脂球》(1902)、《米隆老爹》(1904)、《米斯蒂》(1912)。这十九卷共收莫泊桑中短篇小说二百七十一篇。

我现在译的这部《莫泊桑中短篇小说全集》是以奥版《插图本莫泊桑全集》上述十九卷为蓝本,另将奥版未收的三十五篇作为补遗纳入十九卷中的九卷;迄今发现的三百零六篇莫氏中短篇小说尽在其中,并配以奥版的部分插图,可谓图文并茂。我谨将它奉献给我国无数莫泊桑作品的热情爱好者。

小说集《泰利埃公馆》是莫泊桑自编的第一部小说集，出版于一八八一年四月。这时，莫泊桑的中篇小说《羊脂球》披载于左拉为首的自然主义集团不久前出版的作品集《梅塘夜话》，出类拔萃，已经让他崭露头角；但是《梅塘夜话》的出版者夏尔·庞吉埃还没有重视到急于为这位"新人"出一部个人作品集的程度。于是莫泊桑联系同为出版界"新人"的维克多·阿瓦尔。阿瓦尔读了最先收到的《泰利埃公馆》《一个女雇工的故事》和《西蒙的爸爸》的手稿，立刻认识到这本小说集的价值，并且向作者热情地预言："如果它得不到出色的成功，我就大错特错了。"这部小说集不但迅速问世并大获成功，而且开启了两位"新人"多达十二卷作品的合作。

阿瓦尔版小说集《泰利埃公馆》共收小说八篇。一八九一年，莫泊桑将出版权转移给保尔·奥朗道尔夫出版社，并加入一篇《坟头的妓女》。我译的这卷《泰利埃公馆》是奥版插图本的完整再现，它保持了莫泊桑最后亲定的选目。

莫泊桑不但把小说《泰利埃公馆》置于卷首，而且以其为书名。妓女古已有之，但是随着资本主义将一切都商品化的洪流，被卷入这个行当的被侮辱与被损害的女性与日俱增。描写妓女的文学作品在直面现实丑恶的自然主义作家笔下也就屡见不鲜。左拉的《陪衬人》为她们发出了悲愤的控诉。左拉的《娜娜》，龚古尔的《妓女艾莉萨》，于斯芒斯的《吕茜·佩勒戈兰的故事》，艾尼克的《"大七"事件》，都是以这类女性为主人公。莫泊桑在《羊脂球》中更是将一个妓女塑造为让贵族资产者汗颜的抗敌勇士的形象。不过这仍是当时法国社会"秩序"维护者们讳莫如深的题材。小说《泰利埃公馆》触及的甚至是这样一个群体，所以阿瓦尔直言："《泰利埃公馆》泼辣而又大胆，这尤其是一片灼热的禁地，我想会引起一些愤怒和虚伪的抗议"；不过，他紧接着说："归根结底，形式和才华会让它自保无碍。"的确，旅行推销员在列车上的精彩表演，"太太"一行乘坐马车在田野飞驰的美妙写照，初领圣体现场绘声绘色的再现……目不暇接的精彩文字，尽显莫泊桑的非凡才华。

《一个女雇工的故事》不但显露了作者的高超文笔，更充满了作者对人的命运，特别是对劳苦人们的深切关怀。而《西蒙的爸爸》已是后世公认的杰作。

张英伦

二〇二二年九月十日

目 录

泰利埃公馆	001
坟头的妓女	059
在河上	079
一个女雇工的故事	093
家事	131
西蒙的爸爸	181
一次郊游	199
春天里	225
保尔的女人	241

泰利埃公馆 *

* 本篇首次发表于一八八一年五月维克多·阿瓦尔出版社出版的莫泊桑小说集《泰利埃公馆》。

1

每天晚上十一点钟左右,他们都到那里去,就跟上咖啡馆一样,已经成为自然而然的事。

在那里碰头的有七八个人,总是他们这七八个人。他们都不是生活放荡之徒,而是正派可敬的人,商人,或者城里的年轻人。他们一边喝着沙尔特勒甜酒①,一边跟姑娘们逗乐,或者跟大家都很敬重的"太太"正正经经地聊聊天。

半夜十二点以前他们就回家睡觉。年轻人有时就留下。

公馆是家庭式的,房子很小,漆成黄色,坐落在圣艾蒂安教堂背后那条街的拐角。从窗口可以眺见泊满正在卸货的

---

① 沙尔特勒甜酒:沙尔特勒修会修道士酿制的一种甜烧酒。

船只的锚地，还有人们称作"蓄水池"的大盐滩；后面是圣母坡和山坡上通体灰色的古老的小教堂。

"太太"出身于厄尔省①的一个殷实的农民家庭；她从事这个行业，对她来说，完全就像开帽子店或者内衣店一样。认为卖淫可耻的那种偏见在城市里是那么强烈，那么根深蒂固，但是在诺曼底②的农村里并不存在。农民们说："这是个好行当。"他们让自己的女儿去开妓院，就跟送她去主持一家女子寄宿学校一样。

再说，这个公馆是从一位年迈的舅舅手里继承下来的。"先生"和"太太"原来在依弗托③附近开客店；他们断定费康④的生意更有利可图，便立刻把客店盘了出去。就这样，一天早上，他们来到费康，接管了这家因为老板分心而濒于倒闭的企业。

他们诚实善良，很快就赢得了全班人马和邻居们的喜爱。

---

① 厄尔省：法国诺曼底大区的一个省。
② 诺曼底：法国西北部的一个具有悠久历史和文化传统的地区，西临拉芒什海峡，地域大致相当于现在的诺曼底大区，包括奥恩省、卡尔瓦多斯省、芒什省、滨海塞纳省和厄尔省。
③ 依弗托：法国市镇，今属诺曼底大区滨海塞纳省。
④ 费康：法国市镇，港口小城，今属诺曼底大区滨海塞纳省。

两年后先生中风去世。他自从干上这新的职业，终日悠闲，很少活动，养得大腹便便，正是这种健康状况毁了他。

太太守寡以后，经常到公馆来的那些客人都对她垂涎三尺，不过枉费心机。人们都称道她绝对地谨慎，就连那些姑娘也没有发现过什么。

她个子高高的，身材丰腴，很讨人喜欢。由于常年待在总是关着的晦暗的房子里，她的脸色变得白皙，像敷上一层清漆似的闪着亮光。一排细软卷曲的假发做成的薄薄的刘海儿，把她的面容衬托得很年轻，但是和她那成熟的体形却又很不相称。她总是乐呵呵的，喜笑颜开；她爱开心打趣，但适可而止，这个新行当并没有让她失去分寸。粗鲁的话总是让她感到有点刺耳；如果哪个小伙子不知好歹，对她经营的这个生意直呼其名，她就会板起脸来发脾气。总之，她有一颗高雅的心灵；尽管她待那些姑娘像朋友一样，她还是常常喜欢说，她和她们"可不是一码事"。

在星期日以外的日子里，她有时会叫一辆出租马车，带着一部分属下，到瓦尔蒙森林深处一条小河边的草地上去玩。她们就像一群逃出寄宿学校的女生，发了疯似的奔跑，玩各种孩子的游戏，一派闭门索居者在大自然中被新鲜空气陶醉的欢乐景象。她们在草地上喝苹果酒，吃腌猪肉，直到快天黑的时候才带着尽兴的疲倦和甜美的心情回家。在马车里她们吻太太，就像吻一位心地善良、宽厚而又善解人意的母亲。

这所房子有两个入口。街角上是一个下等咖啡馆，只有晚上营业，进去的都是些平民百姓和水手。两个姑娘专门照应这项买卖，满足这一部分顾客的需要。那里还有个伙计，叫弗雷德里克，个儿矮小，头发金黄，没有胡子，强壮得像头牛。他是她们的帮手。在他的帮助下，半升杯的葡萄酒和小瓶装的啤酒被陆续端到摇摇晃晃的大理石面的桌子上。然后，她们就用胳膊勾住酒客的脖子，横坐在他们的腿上，劝他们喝酒。

另外三个姑娘（她们一共只有五个姑娘）构成一个贵族阶层，她们专门陪伴二楼的客人，除非楼下需要她们帮忙，而楼上又没有客人。

朱庇特①客厅是当地的中产阶级经常光顾的地方，墙上贴着蓝色壁纸，挂着一幅很大的画，画的是勒达②躺在一只天鹅的身子下面。到这儿来需要走一条旋转楼梯，楼梯下面是一扇外表简陋的临街窄门，窄门顶上有一个装了栅栏的壁

---

① 朱庇特：古罗马主管天地和所有生灵的神，也是其他神的主人。古罗马人爱把他和希腊神话中的主神宙斯相提并论。
② 勒达：希腊神话中的仙女。主神宙斯曾化为天鹅和她亲近，她因此怀孕，生下美人海伦。

洞，彻夜点着一盏小灯，就是有些城市嵌在墙里的圣母像脚下至今还点着那种小灯。

这座房子又潮湿又陈旧，微微发着霉味。有时过道里飘过一股科隆香水的香味，有时从楼下半开半掩的门里传来坐在底层喝酒的男人们粗俗的叫嚷声；那叫嚷声像响雷似的，震撼整幢楼房，二楼的先生们脸上不免流露出担心和厌恶。

太太对顾客朋友们很亲切。她从不离开客厅，而且对客人们给她带来的本城的飞短流长很感兴趣。她严肃的谈吐也是对那三个姑娘的胡诌八扯的一种调剂，让脑满肠肥的客人们在猥亵的插科打诨之间获得短暂的休息。这些人每晚只是无伤大雅、有所节制地放纵一下，由妓女陪着喝一杯利口酒①而已。

楼上的三个姑娘叫费尔南德、拉法埃尔和"泼妇"萝萨。

因为人员有限，所以要尽可能让她们每一个人都成为一个样本，一类妇女的典型，使每个消费者都可以在这里找到他们理想的对象，即便不是十全十美，至少也差强人意。

费尔南德代表的是"金发美女"型，个儿高挑，略微肥

---

① 利口酒：用香料、酒、糖和植物根、皮、果等不经发酵制作的甜烧酒。

胖，有气无力；农家女脸上的雀斑顽固地不肯消失；淡金黄色的头发剪得短短的，颜色很浅，近乎无色，像梳理过的大麻，稀稀拉拉，连脑壳也遮不严。

拉法埃尔，马赛人，在许多港口都混过的婊子，充当了"犹太美女"这个不可或缺的角色。她精瘦，高高的颧骨上敷着一层厚厚的脂粉。她的黑头发用牛骨髓上了光，在鬓角处弯成钩形。她的眼睛若不是右眼长一块白翳，还算得上好看。她的鹰钩鼻几乎垂到突出的下巴上。上面两颗门牙是新装的，下面的牙随着人渐渐变老而颜色变深，深得像旧木头一样，形成强烈的反差。

"泼妇"萝萨，腿短肚子大，像个小肉球。她从早到晚用嘶哑的嗓子不停地唱着轻佻的小曲或伤感的情歌，讲些没完没了

而又空洞无物的故事，只有吃东西的时候才住口，不吃东西马上又唠叨起来。她时刻都在动，像松鼠一样，虽然体胖腿短，却十分灵活。她的笑声像一连串刺耳的尖叫，不停地，时而在这儿，时而在那儿，在卧房，在顶楼，在咖啡馆，随时随地迸发着，而且笑得莫名其妙。

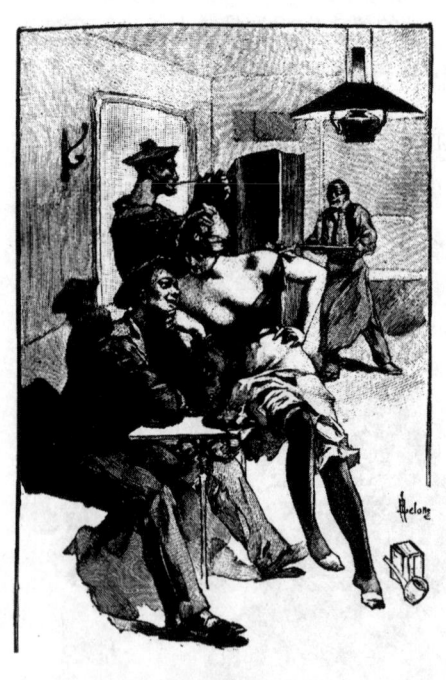

底层的两个姑娘是：路易丝，绰号"老母鸡"；弗洛拉，人称"跷跷板"。路易丝总是围着一条三色的宽腰带，打扮成"自由女神"；弗洛拉总是打扮成想象出来的西班牙女人，走路一瘸一拐，铜质的色坎①随着她

---

① 色坎：一种饰物，将一些边缘凿孔的金属圆片缝在布料上制成。

不平衡的脚步，在她的胡萝卜色的头发里一蹦一跳。她们的装束就像过狂欢节的厨娘。和一般下层妇女一样，她们不算丑，也不算美，不折不扣的小旅店女侍的模样，港口的人给她们起了个绰号叫"一对唧筒"。

这五个女人之间表面上相安无事，实际上彼此嫉妒；多亏太太善于从中调解，而她的脾气又总是那么好，这种和平气氛才很少受到破坏。

这家生意是这座小城里仅有的一家，总是顾客盈门。太太把它打理得那么中规中矩；她本人对任何人都那么和蔼可亲、殷勤体贴；她心肠好又是那么广有口碑，因此她总是深受周围的人的敬重。常客们心甘情愿为她破费，只要她对他们稍稍表示一点格外的

友好，他们就乐不可支了；他们白天为了生意上的事情会面，临了总会说："今晚，还是那个老地方。"就像人们说："吃过晚饭，咖啡馆见，是吧？"

总之，泰利埃公馆成为一种指望，很少有人错过的每日例行的约会。

话说五月末的一天晚上，头一个到的是前市长，木材商普兰先生。他发现公馆的门关着，栅栏后面的那盏小灯也没有亮；楼里悄无声息，一片沉寂。他敲门，起初轻轻地敲，后来敲得比较用力，都没有人回答。于是他缓步沿街往回走；走到集市广场，遇到去同一个地方的船主迪韦尔先生。他们又一同去敲门，也同样徒劳无功。这时，离他们不远处突然传来响亮的喧闹声，他们绕着房子走过去，只见一群英国水手和法国水手在用拳头敲咖啡馆关着的门板。

两个中产阶级人士连忙逃走，免得受到牵连。但是忽听见有人轻轻"嘘"了一声，他们停步一看，原来是腌制咸鱼的商人图尔纳沃先生。后者认出了他们，便跟他们打招呼。他们把情况告诉他；他更是恼火，因为他是个结了婚的人，有儿有女，家里看得严，只有星期六才上这儿来。"Securitatis causa."① 他常常这么说,这是暗指卫生保安部门的一项措施,他的朋友博尔德医生在该部门工作,会把定期检查的消息透露给他。这天正好是他得闲的日子;不巧遇上了关门,他必须再等一个星期了。

三个人绕了个钩状的大圈子,一直走到码头,半路遇见银行家的儿子,年轻的菲利普先生,也是泰利埃公馆的一位常客。以及税务官潘佩斯先生。于是大家又一起从犹太人街走回来,做最后一次尝试。不过这时气急败坏的水手们正在围攻这座房子,一边扔石头,一边狂喊怒吼;五个二楼的常客连忙掉头就走,在街上漫无目标地游荡。

他们又遇到保险代理人迪皮伊先生,然后是商事法庭法官瓦斯先生;于是开始了长距离的散步,首先来到防波堤。他们一字排开坐在花岗石的堤岸护墙上,望着波浪滚滚的海水。波峰上的浪花在黑暗中闪着白光,时隐时现。大海拍击岩石的单调的响声在黑夜里沿着峭壁向远方传去。这群闷闷不乐的散步者这样待了一会儿,后来,图尔纳沃先生说:"这么待着不好玩。"潘佩斯先生说:"的确如此。"他们又信步走

---

① 拉丁文:"为了保险。"

起来。

他们先沿着山坡下那条叫"林荫街"的街道走，然后从"蓄水池"上的木板桥折回，沿着铁路边走，又回到集市广场。这时，税务官潘佩斯先生和咸鱼腌制商图尔纳沃先生之间，为了一种食用蘑菇，突然发生了争执，他们中间的一位一口咬定在附近采到过这种蘑菇。

由于心里烦躁，他们的肝火都很旺盛，如果不是其他几位从中劝解，也许他们就动起拳头来了。潘佩斯先生一气之下先走了。紧接着，前市长普兰先生和保险代理人迪皮伊先生之间，又爆发了一场关于收税官的高薪及其能创造多大效益问题的激烈争吵。骂人的话像连珠炮，双方互不相让。忽然传来一片狂风骤雨般的可怕的叫喊声。原来是那群水手在关闭的店家门前白等了半天，不耐烦了，也来到广场上，两人一排，挽着胳膊，排成一条长龙，一边走一边发了疯似的大喊大叫。这伙中产阶级连忙躲到一个门洞下面。那群乌合之众喊叫着消失在修道院方向，过了很久还可以听到他们的喧哗声，像一阵逐渐远去的暴风雨，逐渐减弱。寂静又恢复了。

普兰先生和迪皮伊先生都还在气头上，他们甚至没道声再见，就各走各的路。

其余四个人继续往前走,本能地向泰利埃公馆走去。门依然关着,里面鸦雀无声,不知道葫芦里卖的什么药。一个醉汉,不吵不闹,只一个劲地轻轻敲着咖啡馆的门;后来他停住不敲了,却又小声叫着侍者弗雷德里克。他见没有人搭理他,就拿定主意在门口的台阶上坐下来,看究竟会发生什么事。

那几个中产阶级正打算离开,忽然港口上那帮吵吵嚷嚷的人又出现在街口。法国水手唱着《马赛曲》,英国水手唱着"Rule Britannia"①。他们先围着房子向墙壁冲击,然后这帮粗野的家伙又像浪潮一样向码头涌去。到了码头,两国水手打了起来。在搏斗中一个英国人的胳膊被打断,一个法国人的鼻子被打破。

这时,待在门口的那个醉汉哭起来,就像受了怠慢的酒鬼或者受了委屈的孩子一样。

这几个中产阶级终于散去。

嘈杂的城市渐渐又归于平静。这里那里偶尔响起人声,但随即就在远处消逝。

只有一个人还在街上徘徊,那就是咸鱼腌制商图尔纳沃

---

① 英文:"统治吧,大不列颠"。一首英国人常唱的爱国歌曲。

先生。他因为要再等到下个星期六,十分恼火,一心希望有什么意外的事发生。他弄不懂,也感到气愤,何以警察局竟然允许一个在它监督和保护下的公益机构随便关门。

他又回到那里,贴近墙仔细察看,想找出原因;他发现一扇窗户的挡雨板上贴着一张告示。他连忙点着一根蜡绳,只见上面歪歪斜斜写着几个大字:"因初领圣体①,暂停营业。"

他明白今晚是完了,这才走开。

那个醉汉这时候已经睡着了,直挺挺地躺着,横在闭门谢客的店门前。

第二天,所有的老主顾都一个接一个地想着法儿在这条

---

① 初领圣体:天主教将圣餐称为"圣体圣事",信仰天主教家庭的儿童首次领圣体的礼仪称为"初领圣体"。

街上经过；为了显得若无其事，他们胳膊底下夹着文件，每个人都偷眼读一遍那张神秘的通知："因初领圣体，暂停营业。"

2

太太有个弟弟在家乡厄尔省的维维尔村①当木匠。太太还在依弗托市开客店的时候，曾作为教母抱着弟弟的女儿在

---

① 在"太太"一行乘火车路过的博尔贝克附近有个维维尔村，但是它和费康同属滨海塞纳省，而在和费康临近的"另外一个省份"没有一个叫维维尔的村庄，小说里的这个村名应该是杜撰的。

洗礼盆前受洗，并且给孩子起了个名字叫康斯坦丝，全名康斯坦丝·里维，因为太太的娘家姓里维。木匠知道他姐姐的景况很好，所以尽管他们都忙于各自的生计，而且住的地方又相隔很远，不能常常见面，但他一直跟她保持着联系。小姑娘快满十二岁了，这一年要初领圣体，他就抓住这个拉近关系的好机会，写了封信给姐姐，说他指望她来参加领圣体的仪式。他们的父母都已经过世，她不能拒绝自己的教女，便接受了邀请。她弟弟叫约瑟夫，他希望对姐姐多献献殷勤，也许可以让她将来立下一份对女儿有利的遗嘱，因为姐姐自己没有子女。

姐姐的职业丝毫也不让他感到尴尬，再说，当地也没有人知道。他们谈到她的时候，仅仅说"泰利埃太太住在费康城里"。说这话言下之意就是她可以靠年金生活。从费康到维维尔至少有二十法里①。走二十法里的陆路，对一些乡下人来说，比一个文明人穿越大西洋还要困难。维维尔的人从来没有到过比鲁昂②更远的地方；当然也不可能有什么东西

---

① 法里：法国古里，一法里约合四公里。
② 鲁昂：法国西北部重镇，诺曼底大区首府，滨海塞纳省省会。

能把住在费康的人吸引到一个五百户人家的小村子来。这个小村子孤零零地坐落在大平原上,而且又属于另外一个省份。总之,别人什么也不知道。

但是,领圣体的日子一天天临近了,倒让太太为难起来。她没有帮手。把自己的生意撂下不管,哪怕是只有一天,她也绝对放心不下。楼上和楼下的姑娘们之间的积怨肯定会爆发。还有,弗雷德里克很可能喝得烂醉如泥,而他一喝醉酒,就会因为一言不合而把人打昏。最后,她决定把所有人都带去,除了那个男侍者;她可以给他放假,一直放到后天。

她征求弟弟的意见,他毫无异议,而且许诺安排她的全部随员住一夜。就这样,星期六早上,八点钟的快车把太太和她的旅伴们载走了。她们坐的是一节二等车厢。

在到波兹维尔站以前,车厢里一直只有她们几个人,她们就像喜鹊似的叽叽喳喳说笑个不停。但是在波兹维尔站上来一对夫妻。那男的是个上了年纪的农民,穿一件蓝夹克衫,领子已经起皱,肥大的袖子上装饰着一个白色的绣花小图案,在腕部束紧;头上戴一顶老式的高礼帽,红棕色的绒毛像刺猬毛似的竖立着。他一手拿着一把大绿伞,一手拎着一个硕大的篮子,里面伸出三个鸭子的神情惶恐的脑袋。那女的腰板挺直,也是乡下人打扮,长着一张母鸡脸,鼻子尖得像鸡喙。她在丈夫的对面坐下,发现自己周围是一群那么美丽的女士,吃了一惊,动都不敢动一下。

车厢里也确实是色彩斑斓,令人眼花缭乱。太太从头到脚一身蓝,都是蓝绸子做的;披着一条仿法兰西开司米的披肩,是红颜色的,红得耀眼,而且闪闪发光。呼哧呼哧喘大气的费尔南德,穿着一件苏格兰格子花呢的连衣裙,同伴们使尽力气替她把连衣裙的上身束得紧紧的,下坠的胸脯被高高托起,像两个圆球,不停地晃荡,就像用布兜住的两包水。

拉法埃尔戴一顶插着羽毛的帽子,看上去像个挤满鸟的鸟窝;她身穿一套淡紫色衣裳,装饰着金色的闪光片,颇有点东

方情调，跟她的犹太人长相很相称。"泼妇"萝萨穿一条宽下摆的粉红色裙子，模样像个过分肥胖的孩子或者生了肥胖病的侏儒。"一对唧筒"的奇装异服似乎是用旧窗帘缝制的，那花枝图案的窗帘至少也是复辟①时期的东西了。

车厢里有了外人，姑娘们的举止立刻变得严肃起来；为了博得别人的好印象，她们开始谈论一些高雅的话题。但是在博尔贝克上来一位蓄金黄颊髯、戴好几枚戒指和一条金表链的先生。他把几个漆布包裹放在头顶上面的行李架上。看来这是个爱开玩笑、脾气随和的人。他行过礼，面带微笑，潇洒地问了一句："太太们调换防地吧？"这句话把她们问得好不尴尬。最后还是太太先恢复了镇定；为了替她的部队的荣誉报仇，她生硬地回答："请您讲一点礼貌！"他道歉说："请原谅，我本来是想说：调换修道院。"也不知是想不出话来回答，还是对这个更正感到满意，只见太太抿着嘴，尊严地点了点头。

这位先生在"泼妇"萝萨和老农之间刚刚坐下，便朝三只脑袋露在大篮子外面的鸭子眨起眼来。等他认为已经把

---

① 复辟：指法国波旁王朝于一八一四年至一八三〇年间的复辟王朝。

观众吸引住以后，他就开始把手伸到这些动物嘴底下去胳肢，为了让大伙儿开心，还对它们讲些滑稽逗乐的话："咱们离开了小水……塘！呱！呱！呱！……为的是和烤肉……小扦子交朋友！……呱！呱！呱！"不幸的家禽扭动着脖子，躲着他的抚摸，而且拼命地挣扎，想逃出那柳条编的牢笼。后来，三只鸭子突然同时发出凄惨的绝望的哀鸣："呱！呱！呱！呱！"女士们被逗得哄然大笑。她们俯下身子，你推我挤，想看得清楚些；她们对鸭子的兴趣简直到了发狂的程度。那位先生也更起劲地施展魅力，卖弄机智，眉目传情。

萝萨也掺和进来。她俯在这个邻座男人的大腿上，去亲那三只鸭子的鼻子。立刻，每个姑娘都想亲一下；那位先生让她们坐在他的腿上，并且颠她们，拧她们。转眼间，他就用"你"来称呼她们了。①

两个乡下人比他们的鸭子还要惊慌,眼睛像魔鬼附体似的骨碌碌直转,但是身子却不敢动一动。他们布满皱纹的苍老的脸上没有一丝笑容,甚至没有颤动一下。

那位先生是旅行推销员,他开玩笑地问她们要不要买背带。说着,他取下一个包裹,打开来。说背带是个幌子,原来包裹里装的是袜带。

这些丝袜带有蓝的,粉红的,大红的,深紫的,淡紫的,朱红的;金属带扣是两个拥抱在一起的镀金小爱神。姑娘们高兴得尖叫起来;不过她们马上恢复了任何女人在研究服饰用品时都自然而然流露出的严肃表情,审视起样品来。她们不时用眼色或者低声的话语互相询问,又用同样的方式彼此回答。太太摸弄着一副橙黄色的袜带爱不释手,这副袜带比别的袜带宽,也比别的袜带庄重,正是一副老板娘用的袜带。

那位先生等着,脑子里生出一个主意。他说:"来吧,我的小猫们,你们应该试一试。"他的话引起一阵暴风雨般

---

① 法国人说话,通常以第二人称单数 tu(你)显示随便和亲热,以第二人称复数 vous(您)显示尊重或生疏。

的惊呼。她们用两条腿把裙子紧紧夹住,像是怕遭到强暴似的。他呢,不慌不忙,等待着时机。他宣布:"你们不愿意,我就包起来了。"接着又狡黠地说,"谁愿意试,我就送给她一副,任她选。"她们仍旧不愿意试,而且摆出一脸尊贵的神气,身体也重新摆得挺直。不过"一对唧筒"的样子却是可怜巴巴的,于是他又把刚才的建议向她们提了一遍。特别是"跷跷板"弗洛拉,饱受欲望的折磨,已经流露出犹豫不决的神色。他便催促她:"来吧,姑娘,勇敢一点;瞧,淡紫色的这一副跟你的衣裳最相配。"她于是下了决心,撩起裙子,露出一条穿着松垮垮的粗袜子的放牛妇的大粗腿。那位先生弯下腰,把袜带先在膝盖下面钩住,然后再钩在膝盖上面;他轻轻地胳肢了一下姑娘,把她胳肢得连声低叫,直打哆嗦。试完以后,他把这副淡紫色的袜带送给了她,又问:"谁来?"其他的姑娘不约而同地嚷道:"我来!我来!"他从"泼妇"萝萨开始。她露出一个丑陋的东西,圆滚滚的,看不见踝骨,正像拉法埃尔说的,一段真正的"大腿灌肠"。费尔南德大受旅行推销员的恭维;她那双强劲的圆柱,令他如痴如狂。"犹太美女"的那两根瘦胫骨就不那么成功。"老母鸡"路易丝开玩笑,把裙子撩在那位先生的头上;弄得太太不得不出来干涉，制止这个有失体统的恶作剧。最后太太也伸出她的腿，好一条诺曼底人的赏心悦目的腿，脂肪丰满而又肌肉发达。推销员又惊又喜，像一位真正的法兰西骑士，礼貌多情地脱下帽子，向这出类拔萃的腿肚子鞠躬致敬。

两个乡下人惊呆了，只用一只眼睛斜视着；他们的模样活像两只小鸡。这个蓄着金黄色颊髯的先生站起身来，对着他们的鼻子学鸡叫："咕！咕！咕！"又引起一阵哄堂大笑。

两个老人带着他们的篮子、鸭子和伞在莫特维尔下了车。只听那女的一边走一边对丈夫说："这群烂货，又是去巴黎那个鬼地方的。"

爱逗乐的推销员也在鲁昂下了车。由于他的表现过于粗俗，太太不得不严词教训了他一番，叫他学得规矩些。她还引以为戒，补充说："这件事教会我们，怎样跟刚刚碰到的人说话。"

她们在瓦塞尔换车，又坐了一站，一下车就看到约瑟夫·里维先生。他赶了一辆大车来接她们。车子很宽大，上面摆满了椅子，套的是一匹白马。

木匠很有礼貌地跟这些女士一一拥吻，然后扶着她们登上马车。三个人坐在后面的三把椅子上；拉法埃尔、太太和她的弟弟坐在前面的三把椅子上;萝萨没有座位,将就着坐在高大的费尔南德的腿上。安排停当,一行人就上路了。但是不久,随着小马一颠一颠的小跑,车子摇晃得越来越厉害,椅子都开始跳起舞来,把女士们向上、向左、向右地乱抛;她们也随之做出木偶似的动作,露出惊骇的表情,发出恐惧的叫声,不过这叫声立刻被又一次猛烈的摇晃打断。她们紧紧抓住车帮;帽子甩到背上、鼻子上,或者滑到肩膀上。那匹白马只顾朝前跑,伸长了脑袋,伸直了尾巴——一条没有毛的小老鼠尾巴,还不时地用这小尾巴拍打着屁股。约瑟夫·里维一只脚伸出去搁在车辕上,一条腿屈在身子底下,胳膊肘抬得老高,手握着缰绳;他的嗓子里不停地发出一种咯咯声,马听了便竖起耳朵,加快了步伐。

绿油油的田野在大路两旁伸展开来。盛开的油菜花像披在田野上的一块块大幅金色桌布,把阵阵强烈而又宜人的气息,

一种柔和而又沁人肺腑的气息,随风送向很远的地方。在已经长得很高的黑麦中间,矢车菊露出天蓝色的小脑袋。姑娘们想去采摘,但是里维先生不肯停车。有时,眼前又是一片犹如鲜血淹没了的耕地,原来那块地饱受丽春花的侵袭。在野花点缀得五彩缤纷的原野上,这辆车仿佛载着一个色彩更加鲜艳的花束,让一路小跑的白马拉着驶过;它一会儿消失在一座农庄的高大的树木后面,继而在树丛的另一头出现,一会儿重又拉着一车在阳光下光彩夺目的女人,在点缀着红花或蓝花的黄色和绿色的庄稼中间继续奔驰。

车到木匠家门口时,一点钟的钟声正好敲响。

她们累得浑身像散了架,饿得脸色煞白,因为她们从动身起一口东西也没有吃。女主人里维太太跑过来,扶着她们一个一个下了车。她们两脚刚沾地,她就忙不迭地拥吻她们。她不厌其烦地吻着她的大姑子,简直要把她独占了。午饭是在作坊里吃的;为了第二天的宴席,作坊里的工作台都已搬走。

先是一道美味的煎蛋卷,接下来是一道烤昂杜依香肠①,一边吃一边喝带点儿辣味的上好的苹果酒,个个都兴

---

① 昂杜依香肠:一种把加香料的动物下水灌入猪肠内做成的香肠。

高采烈。里维举着一杯酒和客人们碰杯;他妻子伺候用餐、烧菜、上菜、撤下空盘,在每个女人耳边低声问:"还添一点吗?"靠墙放着的一摞摞木板,扫到墙角的一堆堆刨花,散发出新刨的木头的香味——细木作坊常有的气味,那种往人肺里钻的树脂的气味。

她们嚷着要看看那个小姑娘,但是她在教堂里,到晚上才回来。

于是大伙儿出去在附近兜一圈。

这是个很小的村子,一条大路从中间穿过。十来座房子沿这条村里仅有的街道排开,卖肉的,卖食品杂货的,做细木工的,开咖啡馆的,修鞋的和卖面包的,本地的商家都集中在这里了。教堂在这条街的一头,被一圈狭窄的墓园包围着;大门前有四棵硕大无朋的椴树,把整个教堂笼罩在浓荫下。教堂是用切割成材的方燧石砌的,顶上有一个石板瓦搭的钟楼，谈不上什么建筑风格。教堂另一边又是田野，田野上散落着一些树丛，树丛里隐蔽着农庄。

里维虽然穿着工作服，但还是有模有样地让姐姐挽着他的胳膊，庄而重之地陪着她散步。他妻子被拉法埃尔的那件金线网格花边的连衣裙迷住了，走在她和费尔南德的中间。矮胖的萝萨在后面紧赶慢赶，跟她在一起的有"老母鸡"路易丝和一瘸一拐、精疲力竭的"跷跷板"弗洛拉。

村民们都走到门口来，孩子们都停止了游戏；在一幅撩起的窗帘后面，露出一个戴印花棉布软帽的头；一个挂着拐杖的老妇人，眼睛都快瞎了，用手画着十字，好像在她前面走过的是一支举行宗教仪式的队伍。每个人都久久地目送着这些美丽的城里太太，她们从那么远的地方赶来，专程参加约瑟夫·里维女儿的初领圣体仪式。大家因此也对这个木匠增添了无限的敬意。

经过教堂前面时，她们听见儿童的歌声。小歌手们用他们尖尖的嗓音唱着一首对上天的感恩歌。但是太太不让大家进去，以免打搅这些小天使。

她们在乡间转了一圈，一路上约瑟夫·里维列数了当地的主要业主，土地有多少收入，牲畜有多少出产。然后他就把女宾们领回家，安排她们住宿。

地方很有限，她们被安排两个人住一间。

里维临时睡在作坊的刨花堆上；他妻子和姐姐合睡一张床；隔壁房间给费尔南德和拉法埃尔合用；路易丝和弗洛拉被安排在厨房里，就地铺一个床垫；萝萨单独一人住在楼梯上面的一个没有窗户的小房间里，紧挨着一间狭窄的阁楼的门；即将领圣体的小姑娘这天夜里就睡在这阁楼里。

小姑娘回来了，迎接她的是雨点般的亲吻，每个女人都想跟她亲热一番；这是她们发泄爱情的需要，抑或是一种故作亲热的职业习惯，在火车上促使她们一个个都去吻那些鸭子的，也正是这种习惯。她们轮番把小女孩抱在自己的腿上，抚弄她的纤细的金发，在一阵自发而又强烈的感情冲动下，情不自禁地把她紧紧搂在怀里。孩子很乖，信教非常虔诚，就像参加了赦罪仪式以后对一切都无动于衷了似的，耐心地、沉静地任由她们摆弄。

一天下来大家都很累，吃过晚饭很快就去睡了。乡间近乎圣洁的无边寂静笼罩着小村子。这寂静安详渗透一切，宽广得远及星辰。姑娘们已经过惯了妓院里喧闹的夜生活，沉睡的乡间这种无声的休息让她们感动。她们的肌肤一阵阵战

栗，不是冷得战栗，而是惶乱不安的心寂寞得战栗。

她们两人睡一张床，一上床就紧紧抱在一起，像是为了抵御大地宁静而深沉的睡眠的侵袭。可是"泼妇"萝萨一个人睡在小黑屋里，怀里空空，很不习惯，感到说不清的难受。她辗转反侧，无法入睡，忽然听见墙板的另一边，靠近她的头，有轻微的呜咽声，好像是个孩子在哭泣。她大吃一惊，轻轻叫了两声，一个孩子断断续续的声音回答她。原来是那个小姑娘，她平时都睡在母亲的房间，现在独自一人睡在狭窄的阁楼里很害怕。

萝萨高兴极了，忙从床上爬起来，为了不惊动别人，蹑手蹑脚地走过去找那个孩子。她把她带到自己暖乎乎的床上，紧紧地搂着她，吻她，哄她，以种种夸张的方式对她百般抚爱。最后，她自己的心情也平静下来，睡着了。那个初领圣体的小姑娘，头枕在这妓女的赤裸的胸口上，一觉睡到天明。

清晨五点钟，到了早祷的时候，教堂的那口小钟使劲地敲响，把女宾们从睡梦中唤醒。平常她们整个上午都睡觉，那是在一夜劳累之后得到的唯一休息。村里的老乡们早就起来。妇女们走门串户地忙碌着，兴致勃勃地拉着家常，手上小心翼翼地捧着浆得跟纸板一样硬的平纹细纱短连衣裙，或者端着老长的蜡烛，蜡烛半腰扎着带金穗的绸结，还用齿状凹痕标明了手握的地方。太阳已经高高升起，光芒四射；天空一碧万顷。只有天际还呈现淡淡的红晕，像是朝霞的遗迹。一窝窝的鸡在各自的家门前走来走去。时而有一只脖子闪亮的黑公鸡昂起戴着紫红冠子的头，扑打着翅膀，向空中发出铜号般响亮的鸣声；其他的公鸡也跟着打起鸣来。

一辆辆马车从附近的村庄赶来，停在一些人家的门口；

车上下来一些身材高大的诺曼底妇女，都穿着深色的连衣裙，方围巾交叉在胸前，用一个古老的银扣针扣住。男人都把蓝罩衫穿在崭新的礼服或者旧的绿呢燕尾服外面，罩衫下露出两条燕尾。

马匹都进了厩，沿着大路摆着两排乡村车辆，有货车、篷车、轻便车、长凳客车，各种样式各种年代的车都有，有的鼻子冲地，有的屁股杵地、车辕朝天。

木匠家像蜂箱一样热闹。几个女宾身穿短上衣和短裙，头发披散在肩上，又稀又短，看上去就像是使用久了，已经褪色、脱落了。她们正忙着给那个女孩穿戴。

小姑娘站在一张桌子上，一动不动。泰利埃太太指挥着她的机动部队的各项行动。她们给她洗脸，梳头，戴上帽子，穿好衣服；她们使用了无数别针，理好连衣裙的褶子，收紧过肥的腰身，想方设法把她打扮得漂漂亮亮。打扮好以后，她们叫这个有耐性的小姑娘坐下，嘱咐她不要动。然后，这支乱哄哄的娘子军又连忙跑去各自修饰一番。

小教堂又开始鸣钟了。但那口可怜的小钟的鸣声十分单薄，像一个非常虚弱的人的声音一样，升空之后很快湮没在蓝色的无垠之中。

领圣体的孩子们从各自家里出来，朝村头那座公共建筑物走去，那建筑物里有两所学校和村政府；"天主之家"① 在村子的另一头。

家长们都穿着节日的服装，带着不自然的表情，跟在自家孩子身后。由于常年弯腰干活，他们身体的动作显得有些笨拙。女孩子们的身体掩盖在掼奶油一般雪白的薄纱里。至于那些男孩子，个个都像是咖啡馆侍者的雏形，头上抹了厚厚的一层发蜡，走起路来两腿趔开，生怕弄脏他们的黑裤子。

远道而来的众多亲友簇拥着孩子，这对于一个家庭来说是一件光荣的事，

---

① "天主之家"：指天主教教堂。

因此木匠颇为得意。泰利埃军团在老板娘率领下跟在康斯坦丝后面。孩子的父亲让姐姐挽着胳膊,母亲和拉法埃尔并肩而行,费尔南德和萝萨一排,"一对唧筒"又一排,队伍隆重地拉开阵式,就像一帮身着军礼服的司令部要员。

这阵仗在村子里产生了令人震撼的印象。

来到学校,女孩子们在修女的大白帽子底下站齐。男孩子们在一个颇有风度的英俊男教师的礼帽底下排好,然后就唱着感恩歌出发了。

男孩子在前,排成两列纵队,走在两行卸掉了牲口的车辆中间;女孩子排着同样的队形随后。为了表示尊敬,本村居民让城里来的太太们先走。她们紧跟在女孩子后面,三个在左,三个在右,打扮得像礼花一样光彩夺目,把这宗教仪式的两列纵队延得更长了。

她们的到来让教堂里的群众陷入一片狂热。为了一睹为快,他们都转过身来,你拥我挤,乱作一团。有些女信徒甚至提高了嗓门说话,因为看到这些穿得比唱经班的祭披还花哨的太太,她们已经惊愕得失去常态。村长把自己平常坐的长凳,就是右边靠圣坛的第一张长凳,让了出来;泰利埃太太和她的弟媳,还有费尔南德和拉法埃尔,在这张长凳上坐

下。"泼妇"萝萨和"一对唧筒"由木匠陪着,坐在后面的第二张长凳上。

教堂的圣坛里跪满了孩子,男孩子在一边,女孩子在另一边,手中举着的长蜡烛就像东倒西歪的长矛。

三个男子站在经台前,正用饱满的嗓音唱着。他们把响亮的拉丁文的音节拖得老长,唱到"阿门"[①]的时候,更是"阿——阿"地唱个没完没了;与此同时,蛇形号这种大口铜管乐器也像牛哞似的发出单调的音符为之助长声势。一个男孩子用尖细的声音答唱。坐在祷告席上的一个戴方形教士帽的神父不时地站起来,念念有词地叨叨一阵,

---

① "阿门":希伯来语 amen 的音译,意为"诚心所愿",基督教祈祷的结束语。

又重新坐下；那三个唱经者又继续唱下去，眼睛盯着面前的一大本打开的素歌①。歌本由一个木雕老鹰展开的翅膀托着；那老鹰雄踞在一根长长的立柱上。

接着，大堂突然静下来。在场的人都不约而同地跪下，主祭神父出场了。他年事已高，皓首苍颜，神态令人肃然起敬；身子微微俯向他左手端着的圣餐杯。他前面走着两个穿红袍的助祭，后面跟着一大群穿着大皮鞋的唱经班小童，一行人排列在祭坛两边。

一只小铃铛在肃静中摇响了。祭礼开始。那位神父在金色圣体龛前面慢条斯理地走来走去，屡次三番地跪拜，用他那微弱而又因衰老而颤抖的声音念着预备经。他刚念完，全体唱经班的成员又齐声唱起来，蛇形号也又同时吹响。一些人也跟着唱起来，不过声音比较低、比较谦卑，就像一般参加者应该的那样。

突然，"Kyrie Eleison"②从每个人的胸腔和内心深处迸发出来，冲向空中。古老的拱顶受到这爆炸似的喊声的强烈震

---

① 素歌：中世纪罗马天主教会的祈祷歌曲。广义的素歌，也泛指罗马天主教会和其他西方教会的祈祷歌曲。
② 拉丁文："主，矜怜我们"。是弥撒经文的起句。

撼，甚至撒落下尘土和虫蛀了的木头的屑末。太阳曝晒着屋顶的石板瓦，小教堂变成了一个蒸笼。极度的亢奋，焦急的等待，不可言喻的神秘圣事的迫近，让孩子们心里紧张，让母亲们喘不过气来。

神父坐了一会儿，又登上祭坛。他光着头，露出满头银发，用颤抖的手做出一些动作，开始了超自然的一幕。

他朝信徒们转过身来，向他们伸出双手，大声宣布"Orate，fratres"——"祈祷吧，弟兄们"。他们就齐声祷告起来。老神父咕咕哝哝地低声说着神秘莫测而又至高无上的话；小铃铛摇了一遍又一遍；跪拜的人群频呼着"天主"；由于过分紧张，孩子们几乎昏过去。

这时，萝萨手捧着低下的额头，突然想起自己的母亲、自己村里的教堂、自己初领圣体

时的情景。她好像又回到了那一天。她那时是多么瘦小，整个儿淹没在她那件白色的连衣裙里。她哭起来，起初轻声地哭，泪珠从眼里慢慢滚下来；随着回忆深入，她的情绪越来越激动，喉咙哽噎，胸口剧烈起伏，不禁呜咽起来。她掏出手绢擦眼泪，捂住鼻子和嘴，竭力不让自己哭出声，但是没有用。她喉咙里还是冒出嘶哑的呻吟声，旁边还有两个令人心碎的长叹声和她呼应。原来是跪在她身旁的两个女人——路易丝和弗洛拉，她们也被同样的遥远回忆激动得透不过气来，涕泗涟涟地抽泣着。

眼泪是富有感染力的。很快，太太也感到自己眼皮湿润了。她朝弟媳转过脸去，发现和自己坐在一条长凳上的人都在哭。

神父在制作圣体。满怀虔诚恐惧的孩子们趴在石板地上，他们什么也不想了。教堂内，这里或那里，不时有一个妇女、一个母亲、一个姐姐，在悲情的神奇感应下，被这些跪在那里唏嘘哽咽身体颤抖的漂亮太太深深感动，一面用方格印花布手绢抹泪，一面用左手使劲地按住怦怦直跳的心口。

小小火星可以点燃大片成熟的庄稼，萝萨和她的同伴们的眼泪顷刻之间就在所有在场的人中间蔓延开来。男人，女人，老人，穿着新罩衫的年轻人，很快都悲泣起来；就好像他们头上笼罩着某种超自然的东西，一个笼罩人间的灵魂，一种无形却是全能的神的气息。

教堂的祭坛里轻轻响了一声，原来是助祭修女在她的经书上敲了一下，发出领圣体的信号。虔诚狂热得浑身颤抖的孩子们，走到圣餐台旁。

他们排成一排跪下。年迈的本堂神父①拿着镀金的银质圣体盒在他们面前走过，用两个手指捏起象征基督圣体和世界救赎的圣体饼，递给他们。他们闭着眼，脸色苍白，带着紧张的表情，张开痉挛着的嘴；孩子们额下的长长罩布，像流水一样轻轻颤动着。

教堂里突然掀起一阵骚动，一片极度兴奋的人群的喧嚣，一片夹杂着压低了的呐喊的急风暴雨般的呜咽。这一切就像把树林吹弯了腰的飓风似的一阵阵掠过。神父仍然站在那里，一动不动，拿着一块圣体饼，激动得像忽然呆滞了似的。只听他自言自语："这是天主，这是天主来到我们中间，

---

① 本堂神父：天主教会主管一个普通教堂的神父。

显示他的存在;他听到了我的祈求,降临到下跪的子民中间来了。"在如痴如癫的热情冲动下,他面对上天,结结巴巴地拼命祈祷着,虽然找不到合适的词句,却是他发自内心的祷告。

他满怀虔诚地分完圣餐,已经兴奋得两腿发软,几乎支撑不住身体;等他自己也饮完主的宝血时,他已经深陷在感念主恩的狂热祷告中了。

他背后的信徒们逐渐平静下来。身穿白祭披而更显得庄严的唱经者又站起来开始唱,不过他们眼里还含着泪水,音调已经不那么准。蛇形管似乎也沙哑了,好像这乐器也哭过似的。

神父抬起双手,做个手势要大家安静,然后在两排领圣体的孩子中间走过去,一直走到祭坛栅栏旁边。那些孩子正在幸福的陶醉中发呆。

在一片座椅的响声里,大家坐下,并且个个都在使劲地擤鼻涕。一看见本堂神父走到祭坛前,人们就安静下来。神父开始用很低而且沙哑的声音,慢腾腾地说:"亲爱的兄弟们,亲爱的姐妹们,孩子们,我从心底里感谢你们:你们刚才让我得到了我一生中最大的欢乐。我感觉到天主听到我的祈求以后降临到我们中间来了。他来过，确实来过这里，出现在我们中间，充满你们的心灵，让你们泪如雨下。我是本教区最老的教士，今天，我也是本教区最幸福的教士。一个神迹，一个真实、伟大、崇高的神迹，就在我们中间完成。当耶稣基督第一次融入这些孩子的肌体，圣灵，这天堂之鸟，天主的气息，就降临在你们头上，掌握了你们，控制了你们，让你们像风中芦苇一样弯腰折服。"

接着，他转身朝着木匠的客人们坐的两排长凳，抬高了声音说："特别要感谢你们，亲爱的姐妹们，远道而来的贵宾们；你们的光临，你们如此显而易见的信仰，你们如此强烈的虔诚，对每一个人来说都是一个有益的榜样。你们感化了我的堂区，你们的激情温暖人心。没有你们，也许这个伟大的日子不会具有这种真正的神圣的性质。有时候只要有一只优秀的羊，就足以让天主决定降临到羊群。"

他激动得说不下去了，只补充了一句："我祝愿你们得到圣宠。但愿如此。"说完，他重新登上祭坛，去结束这场祭礼。

这时，大家已经急着要走了。连孩子们也烦躁不安起来，他们的精神紧张了那么长时间，再也忍耐不住了。况且他们已经饿了。他们的父母不等最后的福音开始,就逐渐离去,回家准备午饭了。

教堂门外一片混乱,人们闹嚷嚷的,带诺曼底口音的喧叫声沸沸扬扬。信徒们排成两道人墙,孩子们一走出教堂,各家便朝自己的孩子冲过去。

康斯坦丝被本家的女眷们抓住,包围着,轮流拥吻。特别是萝萨,抱住她不肯放。最后萝萨牵着她一只手,泰利埃太太牵住她另一只手;拉法埃尔和费尔南德撩起她的细布长裙,不让它拖在尘土里;路易丝和弗洛拉由里维太太陪着压阵。那孩子仍然在潜心沉思,仿佛天主已随着她吃下去的圣饼渗透了她的全身,她在这支仪仗队的中间朝家里走去。

酒席就摆在作坊里几块用条凳架着的长木板上。

大门朝街敞开,全村的欢乐气氛都一起涌了进来。到处都在大摆酒宴。从每家的窗口都可以看见一桌桌身穿节日服装的人,听到他们微醉后兴高采烈的喧哗声。脱了外套的乡下人,满杯满杯地喝着不掺水的苹果酒。每一伙人中都可以看见两个孩子,有的是两个女孩,有的是两个男孩,两家人聚在其中的一家吃饭。

偶尔有一匹老马,冒着中午的炎热,一蹦一跳地快步小跑,拉着一辆载人大车从村里穿过。穿罩衫的赶车人向满桌的美味佳肴投下羡慕的目光。

在木匠家里,欢乐中却保持着某种矜持,保持着对上午的激动情绪的一点儿回味。只有里维一个人兴致勃勃,喝过了量。泰利埃太太不停地看表,因为她不愿意连着休业两天,她们必须乘三点五十五分的火车,赶在傍晚回到费康。

木匠千方百计转移人们的注意力,想把客人们留到第二天,但是太太没有受他的影响。关系到买卖上的事,她是从来不开玩笑的。

刚喝完咖啡,她就吩咐姑娘们赶快准备;然后对弟弟说:"你呢,你立刻去套车。"她自己也去结束最后的准备工作。

她下楼来的时候,弟媳正在等她,要跟她谈谈女儿的事。

她们谈了很长时间，但是没有做出任何决定。那乡下女人耍滑头，装出很受感动的样子；而泰利埃太太，把孩子抱在腿上，却没有明确答应任何事，只是含含糊糊地应承着：以后会照顾孩子的；还有的是时间；再说还会见面的。

这时车子还没有到，姑娘们也还没有下楼。甚至还可以听见楼上的大笑声，推搡声，叫喊声，还有拍手声。于是，趁木匠的妻子到马棚去看车子是不是准备好了，太太决定再上楼去看看。

里维醉醺醺的，半光着身子，正试图强迫萝萨，可是白费力气；萝萨笑得差点儿憋死过去。"一对唧筒"上午刚参加过宗教仪式，对这种场面非常反感；她们抓住他的胳膊，想让他冷静下来。但是拉法埃尔和费尔南德却在一旁怂恿他，乐得直不起腰来。每一次醉汉的努力落空，她们就发出一阵刺耳的尖叫。他恼羞成怒，脸涨得通红，放肆已极，使出蛮劲儿想挣脱那两个抓住他的女人，用尽全身力气去拉萝萨的裙子，嘴里还叽里咕噜地说："骚货，你还不肯？"太太见状大怒，冲上去抓住弟弟的肩膀，把他推了出去；她推得那么猛，醉汉一头撞在墙上。

一分钟以后，只听见他在院子里汲水往自己的头上浇。

等他驾着马车再次出现的时候,已经完全恢复了平静。

她们像前一天一样上路了,那匹小白马又迈开它活跃的舞步跑起来。

吃饭时克制住的欢乐在火辣辣的骄阳下纵情迸发。马车颠簸现在反而让姑娘们觉得好玩,她们甚至把邻座的椅子推来推去,不住地放声大笑;加上里维一次次徒劳无功的尝试让她们一个个都来了劲。

发了疯似的阳光普照田野,弄得人眼花缭乱;车轮掀起两股尘土,在车子后面的大路上久久飞舞。

费尔南德喜欢音乐,她突然恳求萝萨唱歌,萝萨就欢快地唱起《莫东的胖神父》①;但是太太立刻叫她别唱下去,认

---

① 《莫东的胖神父》:一首轻佻的民歌。

为这首歌不适宜在这个日子里唱。她建议:"还是给我们唱个贝朗瑞①的什么歌吧。"萝萨迟疑了一会儿,想好了要唱的歌,就用她那嘶哑的嗓子唱起了《老祖母》:

一天晚上,老祖母做寿,

纯葡萄酒喝了一口又一口;

她晃着脑袋告诉我们:

我从前有过很多情人!

我多么怀念哟,

我那壮实的胳膊,

我那健美的大腿,

和我失去的青春!

在太太亲自带领下,姑娘们接着合唱:

我多么怀念哟,

我那肥胖的胳膊,

---

① 贝朗瑞:全名皮埃尔－让·德·贝朗瑞(1780—1857),法国歌谣诗人。

我那健美的大腿，

和我失去的青春！

"妙极了！"里维说。这首歌已经又让他兴奋起来。萝萨立刻接着唱：

怎么，奶奶，您从前不规矩？

可不，不规矩！而且我十五岁

就独自学会使用我的魅力，

因为我夜里是从来不睡的。

大伙儿扯着嗓子齐声唱着叠句。里维用脚击踏着车辕，同时用缰绳轻敲马背打着拍子。小白马也像沉醉在欢快的节奏中，飞奔起来，如风驰电掣，把姑娘们甩到车子的一头，一个压一个，摞成一堆。

她们像疯子似的笑着爬起来。在田野上，在赤日炎炎的天空下，在正成熟的庄稼中间，合着那匹小马的疯狂的步伐，声嘶力竭、大叫大喊的歌声又开始了。现在每重唱一次叠句，那匹小马都要溜缰狂奔，而且每次都要狂奔百米，把车上的旅客都乐翻了。

不时有一个碎石工人直起身来,隔着铁丝网面罩望着这辆疯狂、喧嚣的马车在纷飞的尘土中扬长而去。

在车站前下车时,木匠十分动情,说:"可惜你们走了,不然咱们可以好好玩玩。"

太太理智地回答:"任何事情都要有个限度。总不能老是吃喝玩乐。"里维灵机一动,说:"嗨,我下个月去费康看你们。"他带着狡黠的表情,用色眯眯、亮闪闪的目光望望萝萨。"得啦,"太太下决断似的说,"正经些吧。你愿意来就来,不过来了可不准胡闹。"

他没有回答。这时火车的汽笛响了,他连忙和大家吻别。轮到萝萨的时候,他拼命地找她的嘴唇亲;她

呢，抿着嘴直笑，每一次都迅速地把头一歪，躲开他。他把她紧紧搂在怀里，但就是达不到目的，因为他手里握着长鞭子碍事；他一使劲，那鞭子就在姑娘背后讨厌地搅动个不停。

"去鲁昂的旅客，请上车啦！"一个车站员工喊道。她们便上了车。

先是一声细长的哨子声；紧接着车头发出一声强有力的长鸣，呼呼地喷出第一股蒸汽；与此同时，车轮开始缓慢地，显然很费力地转动起来。

里维已经走出车站，然而他又跑回栅栏边，想再看萝萨一眼。当满载着人肉商品的那节车厢在他面前经过时，他开始甩着响鞭，一边蹦着，一边使足力气唱着：

> 我多么怀念哟，
> 我那壮实的胳膊，
> 我那健美的大腿，
> 和我失去的青春！

这时，他看到一块白手绢挥动着，渐渐远去。

3

她们一直睡到下车,并且因为尽了良心上的义务而睡得十分安详。等回到家,她们个个精神饱满,体力充沛,足以胜任晚上的工作。太太不禁感慨道:"不管怎么说,我是早就想家了。"

她们匆匆吃过晚饭,换上作战服装,便恭候老主顾们上门。那盏小灯,点在圣母像前的那盏小灯,已经点亮,通知过路行人:羊群已经回到了羊圈。

转眼间消息就传开了。怎样传开的,哪个人传的,恕难奉告。银行家的儿子菲利普先生,甚至好心好意地派专人去通知关在家里的图尔纳沃先生。

咸鱼腌制商每个星期日都有几个表兄弟来家吃晚饭,这时正喝着咖啡,来了一个人,送来一封信。图尔纳沃先生很紧张,拆开信封,脸色变得煞白。信里只有这样几个铅笔字:"装载鳕鱼的大船找到;船已进港;你的好生意。速来。"

他在几个口袋里摸来摸去,掏出二十生丁①赏给送信人。他的脸一下子红到耳根,说:"我得出去一趟。"说着,他把那简练而又神秘的便条递给他妻子。他鸣铃,等女佣来了,对她说:"我的大衣,快,快,还有我的帽子。"他一走到街上就跑起来,还一边跑一边用口哨吹着曲子。他心急火燎,觉得路好像比平时长了两倍。

泰利埃公馆里充满了节日气氛。楼下,从港口来的人吵吵嚷嚷,震耳欲聋。路易丝和弗洛拉简直不知道该应付谁,陪这个喝了,又陪那个喝。"一对唧筒"这个绰号,她们比以往任何时候都更当之无愧。四面八方都同时有人喊她们。她们已经应接不暇,这个晚上看来够她们辛苦的。

二楼那个小圈子的人九点钟就到齐了。商事法庭法官瓦斯先生是太太当仁不让的却又是柏拉图式的求爱者;他和她在一个角落里娓娓交谈;而且他们都面带笑容,仿佛有一份协议就要敲定。前市长普兰先生让萝萨骑在他的大腿上;她和他脸对着脸,正用她那双短小的手在这老头的白颊须里摸来摸去。一段赤裸的大腿从撩起的黄丝绸裙子下面露出来,

---

① 生丁:旧时法国辅币,五生丁等于一个苏,一百生丁等于一法郎。

横在他的黑呢长裤上；红袜子扎着蓝袜带，那是旅行推销员送的礼物。

高大的费尔南德躺在长沙发上，两只脚跷在税务官潘佩斯先生的肚子上；上半身靠在年轻的菲利普先生的坎肩上，右手搂住他的脖子，左手夹着一支香烟。

拉法埃尔好像在跟保险代理人迪皮伊先生谈判，她用这句话结束商谈："对，亲爱的，今天晚上，我很乐意。"接着，她一个人跳着快速华尔兹舞步，绕客厅转了一圈，一边喊着："今天晚上，要怎样都行。"

门突然打开，图尔纳沃先生来了。立刻爆发出一片热烈的欢呼声："图尔纳沃万岁！"还在旋转着的拉法埃尔正好撞在他的胸口上。他抓住她，把她使劲搂在怀里，二话不说，就把她像一根羽毛似的举起来，穿过客厅，走到里面的那扇门口，在

一片掌声中，带着他的活包袱，消失在通往卧房的楼梯上。

萝萨在挑逗前市长，不停地吻他，两只手同时抻着他两边的颊髯，让他的脑袋保持笔直不动；她趁机利用这个榜样，说："走，跟他一样。"老头儿听了站起身，整理了一下他的坎肩，跟随姑娘走出去，边走边把手伸进放钱的那个口袋里摸索着。

只剩下费尔南德和太太陪着四个男人。菲利普嚷道："我请大家喝香槟酒；泰利埃太太，请您叫人拿三瓶来。"费尔南德搂住他，凑近他的耳边央求他："你去弹琴，让我们跳跳舞，你说好不好？"他便站起来，在沉睡在一个角落的那架上百年的羽管钢琴前坐下；于是一支华尔兹舞曲，声音嘶哑、哭哭咧咧的华尔兹舞曲，从这乐器吱嘎作响的肚子里发出来。高个子姑娘搂住税务官，太太让瓦斯先生拥抱着，两对舞伴一边旋转一边接吻。瓦斯先生在上流社会跳过舞，起劲地卖弄着他的舞技；太太用着了迷的目光望着他，像是在说："同意。"这是比任何用语言做出的保证都慎重和甜蜜的"同意"。

弗雷德里克送来香槟酒。第一瓶酒的瓶塞"砰"地飞出来，菲利普先生就奏起一首四对舞的邀舞乐段。

两对舞伴按照上流社会的样子彬彬有礼、庄而重之地迈着舞步，像模像样，男的鞠躬，女的行屈膝礼。

跳过舞就开始喝酒。图尔纳沃先生回来了，他心满意足，浑身轻松，容光焕发。他大声说："我真不知道拉法埃尔是怎么了。她今晚真是完美无缺。"后来，别人递给他一杯酒，他一饮而尽，还低声说："见鬼，真阔气！"

菲利普先生紧接着又弹了一首快速波尔卡舞曲。图尔纳沃先生跟"犹太美女"带劲地起舞，他悬空抱着她，不让她的脚碰到地。潘佩斯先生和瓦斯先生再接再厉又跳起来。不时有一对舞伴跳到壁炉边停下，一咕嘟喝下一杯冒着气泡的香槟酒。要不是萝萨手里端着一个烛台，突然轻轻推开门，这支舞大概要没完没了地跳下去。她头发蓬乱，趿着拖鞋，只穿内衣，情绪激动，脸色绯红，大嚷着："我要跳舞。"拉法埃尔问："你的老头儿呢？"萝萨哈哈大笑："他？他已经睡着了，他完了事马上就睡着了。"她拉起闲坐在长沙发上的迪皮伊先生，波尔卡舞又开始了。

但是那几瓶酒已经喝光。"我请大家喝一瓶。"图尔纳沃先生说。"我也请大家喝一瓶。"瓦斯先生跟着说。"我也一样。"迪皮伊先生也说。大家都报以掌声。

事情就这么自然而然地组织着，越来越像个真正的舞会。甚至连路易丝和弗洛拉也不时地匆匆跑上楼来，紧赶慢赶地跳一曲华尔兹，弄得楼下的客人很不耐烦；她们跳一圈便大步流星地跑回咖啡馆，虽然兴犹未尽。

半夜十二点钟了，大家还在跳舞。有时一个姑娘不见了，大家找她跳四对舞的时候，突然发现男人也缺了一个。

"你们这是从哪儿来？"潘佩斯先生和费尔南德回来的时候，菲利普先生抓住他们开玩笑地问。"去看普兰先生睡觉。"税务官回答。这句话获得了极大的成功；男人们都轮流带着这个或那个姑娘上楼去"看普兰先生睡觉"。而这天夜里姑娘们都随和得叫人难以想象。太太装作什么也没看见。她在角落里跟瓦斯先生密谈了很久，好像在敲定一件已经谈妥的事情的最后细节。

最后，一点钟的时候，图尔纳沃先生和潘佩斯先生两位已婚男士说他们得告辞了，要付账。结果只算了他们香槟酒钱，而且是六个法郎一瓶，而不是通常的十个法郎。见他们对这样的慷慨大方感到惊奇，太太满面春风，回答他们：

"难得这么高兴一回嘛！"

坟头的妓女 *

* 本篇首次发表于一八九一年一月九日的《吉尔·布拉斯报》；同年首次收入保尔·奥朗道尔夫出版社出版的莫泊桑小说集《泰利埃公馆》。

五个朋友就要吃完晚餐了。在座的是五个上流社会的中年男子,都很有钱,三个已婚,两个单身。他们每个月都要这样聚会一次,重温他们的青年时光;吃了晚饭,一直聊到凌晨两点。他们始终是知心好友,凑到一起很高兴,也许觉得这是他们生活中最美好的夜晚了。他们海阔天空,巴黎人关心、感到有趣的事无所不谈。其实就像在大部分沙龙里一样,他们之间所谈的,无非是把白天在报纸上看到的东西口头重复一下而已。

他们中性格最活跃的一个，名叫约瑟夫·德·巴尔东，是个单身汉，过着十足的随心所欲的巴黎式生活。他绝不是个浪荡子，也绝不是个酒色之徒，而是一个喜好猎奇的人，一个还算年轻的爱耍贪玩的人，因为他只不过刚刚四十岁。他是从最广义、最善意的意义上理解的那种上流社会人士：没有多大深度，但想法很多；欠缺真才实学，但知识面挺广；不善于认真钻研，但头脑灵活；他总能从自己的观察中，从自己的奇特经历中，从自己看到、遇到、发现的事物中，汲取一些能够写一部既有喜剧性又有哲理性的长篇小说的逸闻趣事，以及为他在本城赢得机智过人的美誉的幽默品评。

他是晚饭桌上的主讲人。每次聚餐他都要讲一个故事，一个关于他的亲身经历的故事，而大家也都习以为常了。不用你央求，他自会侃侃而谈。

他抽着烟，胳膊肘支在桌子上，盘子前面放着半杯优质香槟酒，沉浸在掺着热咖啡香味的烟草的氛围中，仿佛完全是在自己的家里，就像某些生灵在某些地点和某些时刻，例如一个虔诚的女信徒在小祭坛里，一条金鱼在鱼缸里，感到绝对的自由自在一样。

他在两口烟的间歇，说了一句：

"不久以前我遇到了一件奇事儿。"

众口一声地说：

"那就讲讲吧。"

他于是讲讲起来：

好吧。你们知道我就像那些在橱窗里搜寻小摆设的人那样，经常在巴黎转悠。不过我呢，我窥伺的是场景，是人，一切路过的人，一切正在发生的事。

九月中旬，这个时候天气好极了。一天下午，我从家里出来，不过还不知道要去哪儿。男人们总有一种隐约的愿望，想去看看某个年轻美貌的女人。他们在熟悉的面孔里挑选，在脑海里对她们进行比较，掂量自己对她们的兴趣和她们对自己的魅力，然后再根据当天吸引力的大小做出定夺。但是明媚的阳光和温馨的空气往往会让您完全失去走访串门的意愿。

这一天正是阳光明媚，空气温馨；我点着了一支雪茄，沿外环林荫大道傻乎乎地走着。就在我瞎逛的时候，忽然生出一个念头，想去蒙马特尔公墓①转转，于是就

---

① 蒙马特尔公墓：巴黎市内的主要墓地之一，位于第十八区蒙马特尔高地附近。

走了进去。

我这个人呀,我很喜欢逛墓园,那里既可以让我得到休息,也可以让我心情忧郁:我有这个需要。再说,还有一些好朋友,一些再也见不到的人在这里,所以我,我一直时不时地来走走。

说来也巧,在这座蒙马特尔公墓里,还有我的一段罗曼史呢。那是一个曾经让我非常着迷、十分动情的情妇,一个玲珑可爱的女人;回忆起她来,我总是痛苦至极,同时也深感遗憾……一种五味杂陈的遗憾……我要去她的坟边默祷一下……不过对她来说,一切都结束了。

此外,我很喜欢公墓,还因为它们是人口极其稠密的巨大城市。您想想看呀,在这不大的空间里聚集了那么多的死人,祖宗八辈的巴黎人都永远栖身在这儿,闭居在狭小的墓穴,盖一块石板、带有十字架标志的小洞洞里,成为永远的穴居人;而活人却占据着那么多的地方,制造出那么多的噪声,这些笨蛋!

不仅如此,公墓里还有许多纪念物,精彩纷呈,堪与博物馆媲美。我要承认,虽然无意进行比较,卡芬雅克①的墓让我联想到让·古戎②的杰作，那座躺在鲁昂大教堂的地下小教堂里的路易·德·布雷泽③的全身塑像；所谓现代的和现实主义的艺术，全都是来源于此啊！先生们。不过那个死人，我是说路易·德·布雷泽的塑像，和如今立在坟头的那些被横加扭曲、痛苦万状的死者的造型相比，实在是更逼真，更了不起，更有血有肉；它的肉体虽然没有生命，却把濒死者的痉挛表现得淋漓尽致。

所幸在蒙马特尔公墓里，还可以欣赏到波丹④的塑像，那塑像很有气魄；还有戈蒂埃⑤的塑像、缪尔瑞⑥

---

① 卡芬雅克：全名路易·欧仁·卡芬雅克（1802—1857），法国政治家、将军，曾任政府首脑。
② 让·古戎（1510—1566）：法国雕塑家、画家和建筑家。
③ 路易·德·布雷泽（？—1531）：十六世纪诺曼底司法大总管。其妻狄亚娜·德·普瓦狄埃后来成了国王亨利二世的情妇。
④ 波丹：全名维克多·波丹（1811—1851），法国医生、政治家。一八五一年十二月三日起义中被杀于街垒。
⑤ 戈蒂埃：全名泰奥菲尔·戈蒂埃（1811—1872），法国诗人、小说家、批评家。著有小说《莫班小姐》《弗拉卡斯上尉》、诗集《珐琅与雕玉》等。
⑥ 缪尔瑞：全名昂利·缪尔瑞（1822—1861），法国作家，主要著作有《放荡艺人的生活场景》。

的塑像。有一天,我看见缪尔瑞的坟头孤零零地摆着一个可怜兮兮的黄色蜡菊花圈。谁送的呢?也许是一个年事已高、在附近做看门人、在世的最后一个穿灰工装的轻佻女工①?坟上那尊米耶②创作的漂亮的小雕像,可惜缺乏打理,满是尘垢,已经面目全非。啊,缪尔瑞,为青春歌唱吧!

我一走进蒙马特尔公墓,立刻浸润在一片忧郁之中。这种忧郁的气氛并不让人如何痛苦,只是让人触景生情;如果您是个健康的人,还会想:"这地方,不赖嘛,不过对我来说还为时尚早……"

秋天的景象,那使得树叶凋萎、阳光绵软无力的温热的潮气,在增添诗意的同时,也加重了弥漫在这里的孤独感和末日感。

我沿着坟墓间的小道慢慢走着;这里的邻居不相往来,夫妻不再同床共枕,也没有人阅读报纸。我呢,我

---

① 指十九世纪上半叶的打工女,盛行穿灰色工装,其中有些人作风轻佻。缪尔瑞的剧中写过此类人物。
② 米耶:全名让-弗朗索瓦·米耶(1814—1875),法国画家和雕刻家。

就读起墓志铭来。这，可是世上最有趣的事。拉比什①和梅拉克②的喜剧也没有坟墓上的滑稽散文那么让我忍俊不禁。啊！要说逗乐，那些大理石墓碑和十字架要比保尔·德·科克③的书更胜一筹：死者亲属不但在上面抒发对死者的哀思，还表达对他们在另一个世界的祝福以及要去和他们会合的愿望——真会开玩笑！

不过在这座公墓里，我尤其喜爱的是一个人迹罕至的偏僻的角落，那里到处长着高大的紫杉和柏树，是一个埋葬着很久以前的死人的老区；不过这儿即将改变成一个新区，人们就要砍掉那些尸骨滋养着的绿树，把新近亡故的人埋到一排排小小的大理石盖板下面。

我在那里徘徊了好一会儿，头脑清醒多了，也觉得快要厌烦，该去我那个小女友最后栖息的地方献上我忠诚的思念了。我来到她的坟边，心头不禁一阵酸楚。可

---

① 拉比什：全名欧仁·拉比什（1815—1888），法国剧作家，主要作品有《意大利草帽》《厌世者与奥弗涅人》等。
② 梅拉克：全名昂利·梅拉克（1831—1897），法国剧作家。
③ 保尔·德·科克（1793—1871）：法国作家，著有戏剧、喜歌剧、歌曲等通俗作品。

怜的小心肝，她当年是那么可爱，那么多情，那么白皙，那么水灵……可是现在……如果打开这个……

我俯身在铁围栏上，对她低声诉说着我的痛苦，尽管她肯定听不到。就在我要离开的时候，看见一个穿黑衣、戴重孝的女子跪在旁边的一座坟边。她的黑面纱撩了起来，露出金色的头发和漂亮的脸蛋，那一卷卷秀发就像在她帽饰的黑夜里闪亮的一片曙光。我停了下来。

毫无疑问，她此刻非常地悲伤。她用手捂着眼睛，神情呆滞，就像一尊沉思的塑像；她正在追思，在捂住和紧闭的眼睛造成的黑暗中拨动着令她悲伤的记忆的念珠。她本人就像一个死人，而她却似乎在思念一个死去的男人。突然，我预感到她要哭了；我猜出她要哭，因为我看见她的脊背像风儿轻拂杨柳似的微微颤动了一下。她先是轻声地哭，后来哭声越来越大，脖子和肩膀也抽搐得更厉害。忽然，她睁开眼睛，那双动人的眼睛泪汪汪的，就像刚从噩梦中醒来，惶恐地四下张望。她见我在看她，显得有些尴尬，又用两手把脸捂起来。她的呜咽变成痉挛似的抽噎。她把头慢慢地垂向大理石墓盖，抵在盖板上；面纱在她周围散开，蒙住了心上人石墓的两角，石墓还是洁白的，看来是一桩新的丧事。我听见她在呻吟。接着，她就像瘫倒了似的，脸贴在墓盖上，一动不动，失去了知觉。

我急忙向她跑过去，拍她的手，吹她的眼皮，一面读着那简明扼要的碑文："这里长眠着路易-泰奥多尔·卡雷尔，海军陆战队上尉，阵亡于东京①。请为他祈祷。"

墓主去世只有几个月。我感动得几乎流出眼泪，照料得也格外起劲，终于成功了。她苏醒过来。我想必显

---

① 东京：印度支那东北部地区，法国占领时称东京。

得非常激动……我本来就不太差,我还不到四十岁呢。从她看我的第一眼,我就明白她是个很有礼貌而且知恩图报的人。她果然是这样的人,因为她又鼻涕眼泪地哭起来,叙述起她的身世。一段段往事从她激烈起伏的胸膛里吐露出来:那军官如何在东京阵亡;他们结婚才一年;他娶她完全是出于一片痴情;因为她是父母双亡的孤儿,仅有一点起码的嫁妆。

我安慰她,鼓励她,扶她起来。

然后,我对她说:

"别待在这儿了。走吧。"

她啜嚅着说:

"我走不动。"

"我来搀着您。"

"谢谢,先生,您真好。您也是到这里来哀悼亡人的吧?"

"是的,太太。"

"是个女子吗?"

"是的,太太。"

"是您的妻子吗?"

"一个女友。"

"男人完全可以像爱自己的妻子一样爱一个女友，感情是法律管制不了的。"

"是的，太太。"

我们一起往外走；在墓园里，她依偎着我，我几乎是抱着她走过一条条小路。走出公墓时，她有气无力地喃喃说：

"我怕要晕过去了。"

"您愿不愿意去哪儿吃点东西？"

"好吧，先生。"

我发现一家餐馆，那是一家常有死者的朋友们来庆祝苦差事完成的餐馆。我们走了进去。我让她喝了一杯很热的茶，她的精神好像恢复了一点，唇边露出一丝隐约的笑容。她对我讲起自己的苦况。她孤零零一个人生活，不论白日黑夜，总是孤零零一个人在家，不再有人给她关爱、给她信心、跟她亲近，这样的生活真是悲惨，太悲惨了。

这些似乎都是肺腑之言。这些话从她嘴里说出来很亲切，我很感动。她非常年轻，也许只有二十岁。我称颂了她几句，她很得体地接受了。后来，时间不早了，我提议租一辆车送她回家。她同意了。于是，在出租马车里，我们互相依偎着，肩靠着肩，挨得那么紧，彼此的体温都透过衣服交融在一起。这真是世界上最让人神迷心醉的事了。

马车在她的那座房子前停下。她喃喃地说："我怕是一个人上不了楼了，因为我住在五层楼。您刚才那么好心，您能不能再把我一直扶到我家里？"

我忙不迭地答应了。她慢慢登着楼梯，喘得很厉害。到了她的房门口，她又说：

"那就请进来坐一会儿吧，好让我谢谢您。"

我当然进去了。

她的住处，陈设很简单，甚至有点儿寒酸，但是干净利落，井井有条。

我们紧挨在一张不大的长沙发上坐下，她又对我谈起她的孤独。

她拉铃召唤女佣，让她给我端点喝的来。女佣没有来。我打心眼里高兴，猜想这个女佣一定只做上午半天，就是所谓的家务工。

她已经摘下她的帽子。她真可爱，用她那双晶莹的眼睛盯着我，盯得那么紧，又那么明亮，我感到一阵强烈的诱惑，简直控制不住自己了。我把她搂在怀里，在她突然闭起的眼皮上吻呀……吻呀……吻呀……吻个没完没了。

她一面挣扎着、推拒着我，一面连声说："结束吧……结束吧……快结束吧。"

她这话是什么意思？在这种情况下，"结束"至少可以有两个意思。为了让她住口，我从吻眼皮进而到亲嘴，给"结束"这个词下了我偏爱的那个定义。她也并没有太多抗拒；而且在玷污了对东京阵亡的上尉的记忆以后，当我们又相对而视时，她的样子虽然有点儿疲惫，却是温柔而又顺从，把我的不安一扫而空。

于是我又多情、殷勤起来，而且感激不尽。又谈了大约一个小时，我问她：

"您在哪儿吃晚饭？"

"在附近的一个小饭馆。"

"一个人？"

"是呀。"

"您愿不愿意跟我一起去吃晚饭？"

"去哪儿？"

"去林荫大道①的一家高级酒楼。"

她稍稍推辞了一下。我坚持，她也就让步了，而且给自己找了这样一个理由："我实在太……太苦闷了。"她接着又说，"我得换一件颜色不那么深的连衣裙。"

她走进卧房去。

她从卧房里走出来的时候，身穿一袭轻丧服，一件非常朴素的灰色连衣裙，很好看，优雅而又显出她的苗条。

---

① 林荫大道：此处系指巴黎市内从巴士底广场到玛德莱娜广场的几条连续的林荫大道，在当时是时尚和繁华的地带。

显然，她有去墓地穿的服装，也有在城里上街穿的服装。

晚饭的气氛很亲切。她喝了一些香槟酒，来了精神，活跃了许多。我和她一起回到她家。

这段在坟墓间结下的情缘持续了大约三个星期。可是任何东西都有让人厌倦的时候，尤其是女人。我借口要去做一次非去不可的旅行，离开了她。分手的时候我表现得很慷慨，她对我深表感谢。她让我又是许愿，又是发誓，旅行回来后就来找她，因为她似乎真有点和我难分难舍了。

我又去追求其他的温存。大约一个月过去了，再去见这个墓地小情人的想法仍没有强烈到让我心软。不过，我并没有忘记她……对她的记忆始终萦绕在我的脑海，就像一个谜，一个心理上的疙瘩，一个无法解释的问题，不破解这个问题我就不能安宁。

有一天，也不知是什么缘故，我猜想会在蒙马特尔公墓再看到她，于是就去了。

我在墓园里溜达了很久，见到的无非是一些这个地方的常客，也就是那些还没有和已亡人情断义绝的人。东京阵亡的那个上尉的大理石墓盖上没有哭泣的女人，

没有鲜花，也没有花圈。

可是，就在我转悠到这个广阔的死人之城的另一个区时，我冷不丁发现，在一条狭窄的十字路的尽头有一男一女，一对身着重孝的人，正向我这边走来。哎呀，我简直惊呆了！当他们走近时，我认出她来。正是她！

她看见我，脸唰地红了。我和她擦肩而过时，她向我微微使了一个眼色，对我做了一个小小的暗示，意思是说："别说认识我。"但又像是说："来看我，我亲爱的。"

那个男子颇有风度，高雅，潇洒，佩戴着荣誉军团①军官勋章，年纪在五十岁上下。

---

① 荣誉军团：由拿破仑按照军队建制创立于一八〇二年的法国国家授勋制度，包括骑士、军官、指挥官、司令官、大十字五种勋位和相应的勋章，沿用至今。

他搀扶着她,就像我上次搀扶着她离开公墓时一样。

我满脸惊愕地走开了,一边寻思着我刚才看见的这一幕究竟是怎么回事,这个坟地里的女猎手究竟是何许人。难道是一个普通的妓女,一个别出心裁的娼妓,专门到坟头来收拾那些仍然眷恋着自己的女人、妻子或者情妇,回忆起逝去的缠绵就惋惜不迭的男人?她是仅此一人?还是另有同行?难道这是一种职业?她们在公墓里拉客不就像在人行道上揽客一样吗?那就是坟头的妓女呀!或许只有她生出了这个绝妙又深具哲学意味的奇想,当人们在这丧葬之地重新燃起对爱情的遗憾时乘虚而入?

我倒真想知道,这一天她又是谁的未亡人?

在河上 *

* 本篇首次发表于一八七六年三月十日的《法兰西公报》,题为《荡舟》,作者署名"吉·德·瓦尔蒙";一八八一年首次收入维克多·阿瓦尔出版社出版的莫泊桑小说集《泰利埃公馆》。

去年夏天，我在离巴黎几法里的地方租了一个塞纳河边的小小的乡间住宅，每晚都去那里睡觉。几天以后，我就结识了一个邻居，一个三四十岁的男子，此人确实是我所见过的最奇特的人物。他岂止是个划船老手，简直就是个划船狂，一年到头都在河边，一年到头都在河上，一年到头都在河里。他想必是在船上出生，而且肯定会在最后一次划船的时候死去。

一天晚上我们在塞纳河边散步，我要他讲几段他水上生活的逸闻趣事。这个老好人顿时兴奋起来，神采飞扬，变得能言善语，几乎成了诗人。因为他心怀一股强烈的激情，一股令他如醉如痴的不可抗拒的激情，那就是——河。他说：

啊！提起您此刻看着的在我们身边流过的这条河，我不知有多少回忆啊！你们这些住在街市里的人，你们不知道河是什么。那就去听听一个渔夫是怎么说吧。在他看来，河是神秘、深邃、未知的事物，充满幻象奇境的世界；在那里，夜晚可以看到并不存在的事物，听到从未听过的声响，会像穿过一片墓地一样莫名其妙地令人战栗：实际上河就是最阴森的墓地，只不过这墓地里没有坟墓。

在渔夫们看来陆地是有边有沿的，而在黑暗中，没有月亮的时候，河是无限的。一个海员对海的感受就完全不是一码事了。不错，大海经常是无情的，凶恶的，但是，大海啊，它呐喊，它呼啸，它光明正大；而河却是静悄悄的，十分阴险。它从不咆哮，它永远无声地流淌。在我看来，河水永不止息的流动比大西洋上的惊涛骇浪更可怕。

一些善于幻想的人声称：大海的怀抱里隐藏着许多近乎蓝色的广袤无垠的领域，在那里，淹死的人在大鱼中间、在奇异的森林和水晶般的洞穴里翻滚；而河底只有漆黑的深渊，他们只能在淤泥里腐烂。不过当朝阳映照，波光闪耀，河水轻拍着瑟瑟的芦苇覆盖的河岸时，河是很美的。

谈起大西洋，曾有诗人①写道：

> 波涛啊，你们知道的悲惨故事真多！
> 跪着的慈母们畏惧的深深的波涛，
> 涨潮时你们把那些故事互相转告，
> 正因此，当你们傍晚时向我们涌来，
> 阵阵涛声里就像充满绝望的哀号。

不过我却认为，纤细的芦苇用它们的轻声慢语娓娓叙说的故事，要比咆哮的浪涛所讲述的悲剧更凄惨。

既然您要我讲几段往事，我就给您说说大约十年前我的一段奇怪的遭遇吧，那件事就发生在这里。

那时，我就像今天一样住在拉封大妈的房子里。我

---

① 指法国作家维克多·雨果（1802—1885）。此处所引诗句出自他的诗作《黑暗的海洋》。

有个最要好的伙伴，名叫路易·贝尔奈，此人现在已经放弃划船运动，也改变了夸夸其谈、不修边幅的习惯，进最高行政法院做事了。他当时住在下游两法里远的C……村。我们每天都在一起吃晚饭，不是在他那儿，就是在我这儿。

一天晚上，我独自回家，比较累了，吃力地划着我的笨重的船，慢腾腾地前进。那是一条十二法尺①长的游船，我夜晚总是使用那条船。我划到一个长满芦苇的滩角附近停下来，想歇一会儿，就是那边，铁路桥前面二百米的地方。天气好极了，明月高照，河水粼粼，空气宁静而又温和。这样祥和的气氛引发了我的兴致，我想：在这个地方抽一斗烟一定很惬意。想到就做，我拎起铁锚把它抛到河里。

船顺流往下漂，直到锚链放完才停住。我在船后身的一张羊皮垫子上尽可能舒坦地坐下来。没有一点儿声响，只偶尔听到河水拍岸发出的汩汩声，轻微得几乎觉察不到。我远远看见那一簇比一簇高出一头的芦苇，形

---

① 法尺：法国古长度单位，一法尺相当于三百二十五毫米。

状很怪异，似乎还不时地骚动。

河面非常平静，但是周围异乎寻常的死寂让我感到心慌。小动物们，就连青蛙和蟾蜍这些泥塘里的夜间歌手，全都哑然无声。突然，在我右边，紧挨着我，一只青蛙呱呱叫起来。我打了个哆嗦。那只青蛙静下来，又听不到任何声响了。于是我决定抽几口烟让自己分一分心。可是，尽管我的烟瘾是出了名的，我却抽不下去。刚抽第二口，我就感到恶心，只好作罢。我哼起曲子来，可是我嗓子里发出的声音让我受不了。无奈，我在船底板上躺下，仰望天空；过了一会儿，倒也平静无事。但是不久，船身轻轻晃动起来，引起我的不安。我感到它似乎在急剧地偏转，一会儿向左，一会儿向右，轮番地碰撞着两岸。接着，我觉得仿佛有一个人，或

者一种看不见的力量，把船缓缓地向河底拽，然后又将它托起来，再让它重新跌落。我就像在风暴里一样颠簸，四周声响嘈杂。我猛地站起来，只见河水闪烁，一切都静悄悄。

我意识到自己有点儿神经过敏了，便决定离开。我拉锚链，船却移动起来，这时我才感到有一股抗力。我使劲拉，锚仍然不上来，它钩住河底的什么东西了，我才拉不动。我再拉，还是不行。于是，我挥起双桨，转动船身，把它划到上游，让锚变个位置。可是没用，锚坚定不移。我恼火了，疯狂地摇晃锚链。锚就是纹丝不动。我泄气了，坐下来，开始思考自己的处境。弄断锚链或者把它和船体分开，我想都不用想，因为锚链粗得很，而且固定在船头一个比我的胳膊还粗的木桩上。不过，天气依然非常好，我想大概不久就会遇到一个渔夫，他会来援助我的。事已如此，我反倒平静了。我坐下来，终于可以抽一斗烟了。我带着一瓶朗姆酒①，两三杯下肚，居然觉得自己的处境很好玩。天气很热，必要的话，

---

① 朗姆酒：一种以甘蔗糖蜜为原料生产的蒸馏酒。

大不了我就在星光下过一夜。

忽然，什么东西碰在船帮上轻轻响了一下。我吓了一跳，从头到脚出了一身冷汗。这声响大概是一块顺流而下的木头发出的，但这就已经够受的了，我又感到莫名其妙地心慌意乱了。我抓起锚链，肌肉绷紧，拼命使劲。锚还是那么牢固。我精疲力竭，又坐下来。

这时，河正逐渐被一层紧贴水面蔓延开的浓浓白雾覆盖，我站在那里已经看不到河，看不到我的脚，也看不到我的船，只能隐约看到芦苇梢，再远吗，就是被月光照得煞白的平原，以及耸入天空的一些巨大的黑影，那是几群意大利白杨树。我就像

齐腰陷在一大片白得异样的棉花里，古怪离奇的想象联翩而至。我仿佛看到有人企图爬上我已经看不清的船；浓雾笼罩下的河里满是怪物在我周围游动。我紧张得要命，太阳穴涨痛，心跳得让我窒息。我失去了理智，竟想到游水逃命，不过这念头立刻让我恐惧得发抖。我想像自己迷失了方向，在浓雾中盲目地跋涉，在无法躲避的水草和苇丛里挣扎，吓得喘不过气来，看不见河岸，也找不到自己的船。我还感到被什么东西抓住两只脚，向黑洞洞的水底拽。

事实上，要想找到一个没有水草和芦苇、可以登岸的地方，我至少要逆水游上五百米；尽管我水性很好，但我十有八九会因为无法在这大雾中辨明方向而淹死。

我试图让自己保持冷静。我自认为有无所畏惧的坚强意志，但是在我身上除了意志还有别的东西，这别的东西却畏惧。我自问有什么可怕呢，我身上的勇敢的"我"在嘲笑怯懦的"我"。我从来没有像那天那样洞悉我们身上有两个对立的存在：一个愿意，另一个抵制，二者轮流占据上风。

这无法解释的愚蠢的畏惧有增无已，正在变成恐怖。我一动不动，睁大眼睛，竖起耳朵等着。等什么呢？我也不知道，但一定很可怕。我相信，那时如果有一条鱼斗胆跳出水面，就像经常发生的那样，也会把我吓倒，身体僵直，不省人事。

不过，费了好大的劲，我终于多少恢复了失去的理智。我又拿起那瓶朗姆酒，大口喝起来。这时我来了个主意，连续转身朝四个方向使足力气呼喊。嗓子喊哑了，我就听。——很远处，一条狗在叫。

我又喝了几口，便在船底板上伸直了身子躺下。这样待了也许一个小时，也许两个小时，两眼大睁，全无睡意，想象中周围尽是噩梦般的景象。我不敢起来，虽然我很想。我一分钟又一分钟地挨着。我反复对自己说："喂，起来！"我却连动一动都害怕。终于，就像弄出一点声响都会危及我的生命似的，我小心翼翼地抬起身，向船外张望。

我被世上能看到的最美妙最惊人的场面弄得眼花缭乱。那是仙女国的奇异的境界，远方归来的游子讲过而我们听了难以置信的景象。

两小时以前还漂浮在水面的雾逐渐后退，堆积在两岸。河面完全露了出来，河两岸各形成一道绵延无尽头的丘陵，有六七米高，在月光下像晶莹的白雪一样闪亮。其他的东西仿佛都不见了，只见这条金光灿灿的河在两排白色山丘之间流淌。而在上方，在我的头顶上，又圆又大的月亮在淡蓝和乳白的天空中炫耀。

水中的小动物全都醒了：青蛙撒欢地呱呱叫着，声如洪钟的蟾蜍忽而在我左边，忽而在我右边，不时地朝着星星发出一个短促、单调而又凄厉的低音。真怪了，我不再害怕，在这样匪夷所思的景色里，再离奇古怪的事也不会让我吃惊了。

这种情景持续了多长时间，我不知道，因为我终于睡着了。等我睁开眼睛，月亮已经落了，满天乌云。河水凄凉地哗哗流着，风呼呼地吹着，天很冷，一片漆黑。

我喝完剩下的朗姆酒，然后一边打着哆嗦，一边听着沙沙的芦苇声和凄惨的流水声。我瞪大眼睛看，但我看不清自己的船，甚至看不清举到眼前的手。

不过，浓厚的夜色渐渐消退。忽然，我似乎感到有个黑影儿在离我很近的地方移动，我呼喊一声，有个声音回答，是一个渔夫。我叫他，他靠了过来，我就向他诉说自己的倒霉遭遇。他于是把他的船和我的船并拢，我俩一起拉锚链。锚还是不动。白昼正在到来，阴沉沉，灰蒙蒙，雨绵绵，冷冰冰，一个通常会给你带来忧伤和不幸的白昼。我又远远看见另外一只船，我们向它呼叫。那划船的男子赶来和我们一起用力；于是，锚渐渐松动了。它往上升，但是很慢很慢，好像拖着一个很沉的东西。我们终于看见一个黑乎乎的物体，便把它拉到我的船上。

原来是一个老妇人的尸体，脖子上还坠着一块大石头。

一个女雇工的故事*

* 本篇首次发表于一八八一年三月二十六日的《政治与文学杂志》(又名《蓝色杂志》);同年首次收入维克多·阿瓦尔出版社出版的莫泊桑小说集《泰利埃公馆》。

1

天气非常好,农庄里的人午饭比平常吃得快,已经下地去了。

只剩下女雇工萝丝一个人,待在宽敞的厨房里。盛满热水的锅下面,炉膛里的余火正渐渐熄灭。她不时从锅里舀出些水,不慌不忙地洗着餐具;偶尔停下来,望望太阳透过窗户投射在长桌上的两个明亮的方块。玻璃窗上的缺损污迹,在这两个方块里都显露得一清二楚。

三只大胆的母鸡在椅子底下寻觅着面包屑。家禽饲养场的气味,牛圈里发酵的热气,从半开半掩的门那儿钻进来。炎热的中午一片寂静,只听见公鸡的啼声此起彼落。

姑娘洗完餐具,又擦拭桌子,清洁壁炉,把盘子码在厨房尽头的餐具架上;那餐具架很高,紧挨着一个嘀嗒声很响的木壳钟。她深深吸了一口气,不知道为什么,感到有点头晕目眩,憋闷得慌。她望了望发黑的黏土墙、天花板上熏黑了的木梁,以及木梁上挂着的蜘蛛网、熏腓鱼和一串串洋葱。接着,她便坐了下来。踩得很实的泥地面,长年累月,有多少东西洒在上面又干了,在这炎热的天气里蒸发出陈腐的气味,加上放在隔壁那间阴凉的屋里结奶皮的牛奶的酸味,熏得她很不舒服。她想跟平时那样做点针线活,无奈没有力气,便走到门口去透透气。

在炽热的阳光抚爱下,她感到一股暖流渗透心脾,一种快意充满她的身体。

门外的厩肥堆不断地冒着一层轻微的蒸汽,像镜面一样闪闪烁烁。几只母鸡悠闲地卧在肥堆上,侧着身子,用一只爪子扒拉着,找虫子吃。母鸡群里,有一只漂亮的公鸡傲然独立,每隔一会儿就从母鸡中挑选一只,一边围着它打转,一边发出咯咯的召唤声。那只母鸡就懒洋洋地站起来,屈下腿，用翅膀托着那只公鸡，从容不迫地接待它；完事后，母鸡抖抖羽毛，把尘土抖落，重又卧在肥堆上。这时候公鸡便放声高歌，炫耀它的业绩。附近院子里的公鸡也都群起而呼应，就好像从一个农庄向另一个农庄传递着爱情竞赛的挑战。

女雇工望着这些鸡，什么也没有想。接着，她抬头向苹果园眺望。花儿盛开的苹果树就像挂满扑了粉的小脑袋，白晃晃，亮晶晶，她的眼睛都看花了。

突然，一匹马驹撒欢儿，从她面前飞奔而过。它围绕着树木夹岸的圩沟来回跑了两趟，又猛然停住，回头张望，似乎感到奇怪，不知为何只有它独自一个优哉游哉。

她也有一种奔跑的欲望，活动的需要。但同时她又渴望能够躺下来，四肢舒展，在这静止、和暖的空气中好好休息一下。她闭上眼，迟迟疑疑地走了几步，感到一种强烈的纯属兽性的满足。然后，她就不慌不忙地到鸡窝去捡鸡蛋。一共有十三个鸡蛋，她捡起来，带回厨房。她把鸡蛋放进橱柜，厨房里的气味又让她感到不舒服，于是她走出去，到草地上坐一会儿。

树林环绕的农庄的院子好像在酣睡。草很高，绿绿的，是春天那种鲜嫩的绿色；黄色的蒲公英在草丛里就像一盏盏闪亮的小灯。苹果树的影子在树根旁缩成一团。屋脊上长着叶子像长剑似的鸢尾。房舍的麦秸顶微微地冒着热气,想必是马棚和草仓里的湿气在透过麦秸散发。

女雇工来到车棚底下。那里摆放着各种载人运货的车辆。圩沟里有个大坑,绿荫覆盖,开满了紫罗兰花,浓香四溢。越过沟沿向远处望去,可以看到原野,广袤的平原上长着庄稼,散落着一片片树林,以及一群群远远的、小得像布娃娃似的干活的人,还有玩具一样的白马,拖着儿童车一般的犁,后面有个手指头那么高的小人推着。

她去仓房抱了一捆麦秸,扔在那个坑里,便在上面坐下。后来她感到还不够舒服,索性把麦秸捆解开、摊平,头枕着两条胳膊,伸直了两条腿,仰面躺下。

她渐渐合上眼睛,在懒洋洋、甜滋滋的感觉中昏昏欲睡。正当她快完全睡着的时候,忽然感到有两只手抓住她的乳房,她一下子蹦起来。原来是雇工雅克,一个个子高高、体格匀称的皮卡第[①]人。雅克最近一段时间一直在追求她。

---

① 皮卡第:法国北方的一个地区,曾长期为一个省,后成为一个大区,下属三个省:埃纳省、瓦兹省和索姆省,二〇一六年并入上法兰西大区。

他这天正在羊圈里干活,看见她躺在阴凉地里,就蹑手蹑脚地走过来,屏住呼吸,目光闪闪,头发里还夹杂着几截干草。

他试图吻她,但是她跟他一样健壮,扇了他一个耳光。他很滑头,向她求饶。于是他们并排坐下,友好地聊起天来。他们谈到天气,说这天气对收庄稼有利;谈到年景,今年收成一定不错;谈到他们的主人,一个正直可敬的人;然后又谈到邻居,谈到所有的乡里乡亲;谈到他们自己,他们的村庄,他们的童年,他们的往事,他们离别很久也许再也见不到的父母。想到这里,她心里难受起来;他呢,早就盘算好了,向她挪过来,紧贴着她;他兴奋得直打哆嗦,情欲已蔓延到他的全身。

"我已经很久没见到我妈了,分开这么久真叫人难受。"

她两眼出神地凝视着远方,穿越空间,朝着那边,那边,一直向北,直到被她离弃的村庄。

突然间，他又搂住她的脖子要吻她。不过她挥起拳头狠命一拳，打得他鼻血直流。他站起来，走去把头靠在一棵树干上。这时她心软了，走到他跟前，问道：

"打痛了吧？"

但是他笑起来。没有，没什么；不过她这一拳正好打在中间。他低声说："好家伙！"一边用钦佩的眼光看着她。因为他对她产生了敬意，产生了另外一种完全不同的爱，对这个如此结实的高个子姑娘开始有了一种真正的爱。

血止住以后，他向她提议去转一圈；他害怕如果再这样并肩待下去，会再领教她一记重拳。但是她自己却像那些已定终身的男女晚上在林荫道散步时一样，主动挽起他的胳膊，对他说：

"这样不好呀，雅克，对我这么不尊重。"

他表示不能接受。不，他不是不尊重她，而是爱上了她，就是这么回事。

"那么，你愿意跟我结婚吗？"她问。

他犹豫了一下；后来，趁她出神地望着远方，他斜着眼睛瞅了瞅她。她两颊红润饱满，丰腴的乳房在印花棉布的短衫里高高耸起，肥厚的嘴唇十分鲜艳，几乎完全裸露的脖子上布满细小的汗珠。欲望再一次控制了他。他把嘴凑近她的耳朵，低声说：

"是的，我愿意。"

她于是伸出双臂搂住他的脖子亲吻他，吻的时间那么长，以至两个人都喘不过气来了。

从这时起，那永恒的爱情故事在他们之间开始了。他们在隐蔽的角落里调情，在月光下的草垛后面幽会，用他们钉着铁掌的大皮鞋在饭桌底下互相在腿上留下一些青痕。

天长日久，雅克对她好像渐渐地厌倦了；他躲着她，很少跟她讲话，也不再想方设法和她单独在一起。这让她心里充满了怀疑，深感焦虑。不久以后，她发现自己怀孕了。

她起初惊慌，继而愤怒，而且一天比一天强烈，因为他千方百计躲着她，她怎么也找不到他。

最后，一天夜里，等农庄里的人都睡了，她穿着衬裙，光着脚，悄悄溜出去，穿过院子，推开马棚的门。雅克正睡在他饲养的几匹马的上边，一个垫满麦秸的大木箱里。他听见她来了，假装打着呼噜；但是她爬上去，跪在他旁边，不停地摇晃他，直到他抬起身子。

他坐好以后，问："你要干什么？"她气得直打哆嗦，咬

紧牙,说:"我要,我要你娶我,你答应过跟我结婚的。"他笑起来,回答:"喔唷,要是发生过关系的姑娘都得娶的话,那还得了。"

但是她扼住他的喉咙,把他扳倒,紧紧地压住他,让他不能挣脱,然后一边掐住他的喉咙,一边贴近他的脸,大声嚷道:"我肚子大了,听见没有,我肚子大了。"

他透不过气来,呼呼直喘。他们两人就这样一动不动、一声不响地待在黑夜的寂静中,只有马从草料架上扯下干草,然后慢慢咀嚼的声音打破这寂静。

雅克明白她的力气比他大,只好结结巴巴地说:

"好吧,既然这样,我就娶你。"

但是她已经不相信他的许诺。她说:

"你马上去让教堂公布结婚告示。"

他回答:

"我马上就去。"

"向天主发誓。"

他犹豫了几秒钟,打定了主意,才说:

"我向天主发誓。"

她于是松开手,没有再说一句话,就走了。

她有几天没有机会跟他说话,马棚的门从那以后每天夜里都锁着;她怕张扬出去丢脸,也不敢作声。

后来,有一天上午,她看见另外一个男雇工进来吃饭,便问道:

"雅克走了吗?"

"是的,"那个人说,"我代替他了。"

她战栗得那么厉害,连挂在铁矛钩上的汤锅都取不下来了。等大家都去干活了,她上楼到了自己的屋里,怕别人听见,把脸埋在枕头底下痛哭不已。

这一整天,她想方设法打听消息而又尽量不引起人们怀疑;但是她心里老想着自己的不幸,因而总以为每一个被问到的人都在狡黠地暗笑。再说,除了他已经肯定离开当地以外,她什么也打听不到。

2

对她来说,连续不断的折磨人的生活从此就开始了。她像机器一样干活儿,根本不去想她是在做什么,脑子里只有一个固定的悬念:"要是让人知道了,怎么办?"

这个悬念时时刻刻苦恼着她,她完全失去了思考能力,甚至也不去想想有什么办法可以避免闹出丑闻;她已经感觉到这丑闻正一天天迫近,无法挽回,而且像死一样注定要临头。

她每天早上起得比别人早得多。一起来就像着了魔似的,在她梳头用的一小片破镜子里没完没了地使劲儿打量自己的腰身,急于知道今天会不会让人看出来。

白天,她经常放下手上的活儿,从上往下观察,看看是不是自己的大肚子把围裙拱得太高了。

一个月又一个月过去了。她几乎不再说话,有人问起什么的时候,她也听不懂,而且惊慌失措,目光呆滞,两手颤抖。因此主人有一天问:

"可怜的姑娘,你近来怎么变得笨手笨脚啦!"

去教堂，她也总是躲在柱子后面，再也不敢去忏悔；她生怕遇见本堂神父，因为她认为他有一种超人的力量，能够看透人心里的隐秘。

在饭桌上，工友们的眼光如今会使她惶恐得昏过去；她总是疑心被那个早熟而又阴险的放牛的男孩看破了，因为他那双贼亮的眼睛老是盯着她。

一天早上，邮差交给她一封信。她从来没有收到过信，因此十分惊慌，不得不坐下来。也许是他写来的吧？可是她不识字，对着这张涂满墨迹的纸愁眉不展，紧张得发抖。她把信塞进口袋，不敢把自己的秘密托付给别人。干活时她常常会停下来，久久地望着那几行行距相等的字，以及末尾的签名，隐约地想象着这样就可能会突然看出信里的意思。她焦急、苦恼得几乎发疯了，最后决定去找小学老师。他让她坐下，念道：

亲爱的女儿，来信是要告诉你，我病得很重；我们的邻居当蒂老板代笔，望你可能的话就回来一趟。

你亲爱的母亲

代笔人：村长助理塞赛尔·当蒂

她没说一句话就走了；但是，等到她一个人的时候，她两腿发软，立刻瘫倒在路边；她在那里一直待到天黑。

回来以后，她把家里的不幸告诉了农庄主人。他允许她回去一趟，而且她愿意待多久就可以待多久；还答应找一个打短工的姑娘来干她的活儿，等她回来继续用她。

她母亲已经病重垂危，就在她到家的那一天死了。第二天，萝丝生了个怀了才七个月的男孩；产儿瘦得就像一副可怕的小骨头架子，叫人不寒而栗；而且他那双干瘪得像蟹爪似的可怜的小手痛苦地抽搐着，好像不断地受着折磨。

但他还是活下来了。

她说她已经结婚了，但是没法自己带孩子；她把他留在邻居家，他们答应好好照顾他。

她又回到那个农庄。

但是，从这时候起，在她那长久以来备受折磨的心里，一种陌生的爱，对留在家乡的那个瘦弱的小东西的爱，像一片曙光似的升起；不过这种爱反而给她带来新的痛苦，每时每刻都要经受的痛苦，因为她和他分在两地。

最使她痛苦的是她热切地需要吻他，抱他，用自己的肉体去感受他的小身体的温暖。她夜里再也睡不着；她整天都想着他；到了晚上，干完活儿以后，她就坐在壁炉前面，像那些思念远方亲人的人一样，痴痴地望着炉火。

人们甚至开始议论起她来，说她一定有了心上人，跟她开玩笑，问她：他是不是很漂亮，个子高不高，有没有钱，什么时候结婚，什么时候行圣礼？这时她往往都躲开，独自一人哭泣，因为这些问题像针扎似的让她难受。

为了摆脱这些烦扰，她就拼命地干活。她时刻惦记着自己的孩子，想方设法要为他多积攒些钱。

她决定加倍地努力工作，叫人不得不给她增加工钱。

于是，她渐渐地把周围的活儿都揽了下来，结果一个女佣工被辞退了，因为自从她一人付出两个人的艰辛以后，那个女佣工变成多余的了。她在面包上，在菜油上，在蜡烛上，在人们通常过于大手大脚地撒给鸡吃的谷粒

上，在人们平时难免会糟蹋一点的牲口饲料上，都尽量节省。她花主人的钱就像花自己的钱一样斤斤计较；而且，她做买卖很精明，本农庄的产品经她的手总能卖出高价，而农民在出售产品时耍的花招她也都能识破，因此买进卖出、雇工的管理、柴米油盐的账目，全由她一个人负责；没多长时间，她就变成不可缺少的了。她对周围一切都照料得很周到，农庄在她的管理下出奇地兴旺。方圆两法里以内的人都在谈论"瓦兰老板的女雇工"；农庄主人也逢人就说："这姑娘，真是千金难买。"

然而，时间匆匆过去，她的工钱却仍旧和原来一样。她的辛勤劳动都被看作是任何一个忠于职守的女佣工的分内之事，仅仅是一种忠诚的表示。不过，一想到农庄主人靠了她每月都多收入五十到一百埃居①,而她却仍然不多不少,一年只挣二百四十个法郎,她开始有些寒心了。

她决定要求增加工钱。她找了主人三趟,可是每次到了他面前,谈的却是另外的事。跟人要钱,她感到难为情,好像这是件丢脸的事。终于,有一天,趁农庄主人单独一个人在厨房里吃饭,她神情尴尬地对他说,她希望跟他单独谈谈。他十分诧异地抬起头,两只手一直搁在桌子上,一只手拿着刀,刀尖朝上,另一只手拿着一小块面包,直盯盯地看着这个女雇工。她被他看得心慌意乱,竟然说她有点不舒服,想回家乡一趟,请求给她一个星期的假。

他立刻就答应了;接着,他也有些尴尬地说:

"等你回来我也要跟你谈谈。"

---

① 埃居:法国旧时钱币,种类很多,价值不一,最流行的一枚值五法郎。

3

孩子快八个月了,她简直认不出他了。他的小脸红扑扑的、胖嘟嘟的,浑身都是圆滚滚的,就像一小包活的油脂。他的小手儿肉鼓鼓的,合都合不拢,慢慢地抓挠着,一看就知道他非常心满意足。她像饿狼扑食似的猛扑过去,使劲地亲吻他,把他吓得号啕大哭。这时候她也哭了,因为孩子不认识她;而他一看见奶妈,却立刻朝奶妈伸出双手。

不过,第二天他就熟悉了她的脸,咯咯笑起来。她抱着他到田野里去,两手高高举起他,发疯似的奔跑;接着,她坐在树荫下,有生第一次向一个人敞开心扉,尽管他听不懂,她还是对他倾诉她的悲伤,她的工作,她的烦恼,她的希望,一边不停地热烈而又莽撞地抚爱他,惹得他厌烦。

她用手捏他,揉他,给他洗澡,替他穿衣裳,从中得到无限的愉悦;甚至给孩子洗屎洗尿,她都感到幸福,好像对儿子的这种私密的照料是对她母亲身份的一种确认。她常常端详他,奇怪他怎么会是她的。她一边抱着他使劲摇晃,一边一迭连声地低唤着:"我的小宝贝,我的小宝贝。"

她是一路啜泣着回农庄的。她刚到，主人就叫她去他的屋里。她走了进去，不知道为什么又吃惊，又激动。

"你坐在这儿。"他说。

她坐下。他们有好一会儿就这样并排挨着坐在那里，都有些局促，手臂好像失去了活力，变得笨拙，而且像乡下人那样，他们谁也不看谁。

农庄主人是个四十五岁的大胖子，两次丧偶，性格乐观而又固执。他显然有些拘谨，这是他平时不曾有过的。他终于下了决心，眼睛望着远处的田野，含含糊糊、吞吞吐吐地说：

"萝丝，你从来没有想到过成家吧？"

她脸色变得像死人一样苍白。他见她不回答，就接着说：

"你是个好姑娘，规矩，勤劳，节俭。娶你这样一个妻子，会让男人发财的。"

她仍然一动不动，眼神慌乱，甚至不想去弄明白他这话

是什么意思,因为她脑子里已经乱成一团,就像大祸临头似的。他等了一会儿,然后继续说:

"你看,一个农庄没有女主人,总是不行的,就算是有你这样一个女雇工。"

然后,他就沉默不语了,因为他再也不知道该说什么了。萝丝万分惊恐地望着他,就像一个人面对一个杀人凶手,只要他稍有动作,就准备立刻逃跑。

他等了五分钟,最后问道:

"你说呀!这样行吗?"

她表情迟钝地回答:

"什么,老板?"

他于是毅然决然地说:

"当然是说嫁给我啦!"

她一下子站了起来,不过马上就瘫在椅子上,一动不动,就像受到了什么巨大不幸的打击。农庄主人终于失去耐心了。

"喂,你说呀,你还要什么?"

她惊恐万状地看着他;接着,突然,眼泪夺眶而出,张口结舌,只连说了两遍:

"我不能！我不能！"

"为什么不能？"他问，"好啦，别犯傻啦；我让你考虑考虑，咱们明天再说。"

他赶紧走了。办完了这件让他很感到为难的事，他如释重负，而且他相信，他的女雇工第二天一定会答应；对她来说，这个建议应该是求之不得的；对他来说，这也是一桩极好的交易，因为这样他就把这个女人一辈子拴住了，这个女人给他带来的收入会比本乡最丰厚的陪嫁还要多。

况且在他们之间也不会有门户不当的顾虑，因为在乡下，所有的人几乎都是平等的。农庄主人像他的雇工们一样干活，雇工有朝一日也可能变成农庄的主人；女雇工也随时可能变成女主人，连她们的生活和习惯都不需要做任何改变。

萝丝这一夜没有躺下睡觉。她一屁股坐在床上；她已经精疲力竭，连哭的力气都没有了。她坐在那里，呆若木鸡，甚至都感觉不到自己的身体了。她的头脑乱糟糟的，就好像有人用扯松羊毛床垫的工具把它撕碎了似的。

当她偶尔把思想集中一下，想到可能发生的事的时候，她就不寒而栗。

她的恐惧有增无已；每当厨房的那座大钟慢悠悠地敲响报时的钟声，划破农庄的沉寂，她都会吓出一身冷汗。她神情恍惚，可怕的幻象一个接着一个。蜡烛熄了。她的精神开始错乱起来，那是乡下人自以为中了魔法时常会产生的莫名其妙的精神错乱，一种大祸临头、像暴风雨前的小船一样拼命逃走、躲避、奔跑的疯狂的需要。

一只猫头鹰叫了一声；她打了个哆嗦，站起来，像个疯子一样，用两只手摸摸脸，摸摸头发，周身上下地摸着；然后，她挪着梦游症患者似的脚步走下楼。她来到院子里，为了不让还在外面游荡的粗鲁人看见，便弓着身子前进，因为快要沉落的月亮还在向田野投射着明亮的光芒。她没有打开栅栏门，而是从沟沿翻出去；她到了田野边，就出发了。她迈着富有弹性的急促的小快步朝前走，间或无意识地发出一声尖锐的叫喊。她的身影老长老长的，躺在她身边的地面上，跟随她一同前进。偶尔有一只夜鸟飞到她头顶盘旋。狗听见她走过，在一座座农庄的院子里汪汪地叫着；有一条狗跃过圩沟，追过来想咬她；但是她转过身去，朝它大吼一声，吓得它连忙逃走，蜷缩到窝里，一声也不响了。

有时，一窝小野兔在地里嬉戏；但是，当这个奔跑的疯女人像发狂的狄安娜①似的冲来时，这些胆小的动物便四处逃窜，小兔子和兔妈妈都钻到垄沟里不见踪影；兔爸爸连蹦带跳地飞奔，竖着大耳朵一蹦一跳的剪影偶尔映现在沉落的月亮上。这时，月亮已经垂落到地球的尽头，犹如一盏巨大的灯笼摆在天边的地面上，用它斜射的光芒普照着原野。

　　星星已经消失在天穹的深处；几只鸟儿叽叽喳喳地叫着，天开始亮了。姑娘跑得筋疲力尽，呼哧带喘。太阳从红色的朝霞中喷薄而出时，她停了下来。

　　她脚都肿了，往前跑不动了。但是她远远看到一片水塘，一片很大的水塘，静

---

① 狄安娜：罗马神话中掌管狩猎等的女神。

止的水在朝霞映照下殷红似血。她手按着胸口,迈着小步,一瘸一拐地走过去,想在水塘里浸一浸她的两条腿。

她坐在草丛上,脱掉满是尘土的肥大的鞋子,扯掉袜子,把已经发青的小腿浸在不时冒着气泡的静止不动的水里。

一股清凉宜人的感觉从脚跟一直蹿到喉咙;她目不转睛地望着这深深的水塘,突来一阵晕眩,一种想把整个身子投进水里的强烈欲望。那样,她的痛苦就结束了,永远结束了。她不再顾念她的孩子;她需要安宁,需要彻底的休息,无尽期的长眠。于是她站起来,举起胳臂,往前迈了两步。她的大腿已经浸到水里,她已经准备扑下去了,这时踝骨上一阵尖锐的刺痛,她不由得往后一跳。她发出一声绝望的叫喊,原来从她的膝盖直到她的脚尖,叮满了很长的黑色的蚂蟥,胀鼓鼓的,紧贴在肉上,正在吸她的血。她不敢碰,吓得拼命叫喊。她的绝望的呼喊声引来一个赶着大车在远处经过的农民。他帮她一条一条地把蚂蟥拽下来,用青草紧压伤口,又驾着大车把姑娘一直送回她主人的农庄。

她在床上躺了半个月。后来,在她起来的那天上午,她正坐在门口,农庄主人突然走过来,站在她面前。

"怎么样,"他说,"这事情就这么决定了,是不是?"

她起初没有回答;后来因为他一直站在那里,执拗地盯住她,她才好不容易蹦出几个字:

"不,老板,我不能。"

他一下子火了。

"你不能,姑娘,你不能,为什么?"

她哭起来,一遍一遍地说:

"我不能。"

他逼视着她,冲着她的脸嚷道:

"是因为你已经有情人了?"

她羞得浑身发抖,咕咕哝哝地说:

"就算是吧。"

他脸涨得通红,气得话也说不清楚了。

"啊!你到底承认了,你这个骚货!那家伙是干什么的?叫花子,穷光蛋,流浪汉,饿死鬼?说呀,他是干什么的?"

见她不回答,他接着说:

"啊!你不肯说……那么我就来替你说,是让·波迪?"

她大声说:

"啊!不,不是他。"

"那么是皮埃尔·马丹?"

"噢！不是他，老板。"

他气急败坏地把当地所有小伙子的名字都一一点了出来。她连连否认着，难过极了，不停地撩起蓝围裙的裙角擦着眼睛。但是他任着没教养的人的牛脾气发作，还是不依不饶地追问；为了发现她的秘密而刮着她的心，就像猎狗闻到洞里有动物，就一整天挖个不停，非把它抓住不可。他恍然大悟似的叫了起来：

"见鬼，是雅克，去年的那个雇工；有人说他常跟你闲扯，而且说你们说好了要结婚。"

萝丝急得喘不过气来，一股血往上涌，脸涨得通红。她的眼泪突然枯竭了；泪珠就像水珠落在烧红的烙铁上，在她的面颊上一下子就干了。

"不，不是他，不是他！"

"你敢肯定不是他？"那狡猾的乡下人嗅出了一点真相，追问道。

她急忙回答：

"我可以向你发誓，我向你发誓……"

她想要找出个什么来发誓，可又不敢提那些神圣的东西。幸好他打断她的话：

"可是他老跟着你到那些犄角旮旯去，而且每次吃饭的时候，他都拿眼睛盯着你，就像要把你吞下去似的。你是不是答应他了，嗯？说呀。"

这一次，她正视着主人的脸，说：

"不，从来没有，从来没有，我可以指着仁慈的天主向您发誓，就是他今天来求我，我也不会要他。"

她的态度是那么诚恳，不免让农庄主人犹豫起来。他自言自语似的说：

"那么，怎么回事呢？你也并没有遇到什么不幸的事呀，否则大家也会知道的。既然没有什么大不了的事，一个女雇工是不可能拒绝主人求婚的。看来里面一定有什么事儿。"

她不再回答，她已经痛苦得透不过气来。

他又问："你真的不愿意吗？"

她叹了口气，说："我不能呀，老板。"他转身就走。

她以为已经摆脱了这桩麻烦事，这个白天余下的时间她过得还算平静。不过,她感到腰酸腿痛,身心交瘁,就好像她代替那匹老白马,从清早起就被套在打麦机上转了一天似的。

她尽可能早地睡下,而且立刻就睡着了。

半夜里,有两只手摸她的床,把她弄醒了。她吓了一跳,但是立刻听出了农庄主人的声音在对她说:"别怕,萝丝,是我,来找你谈谈。"她起初只感到惊讶,后来他想往她的被窝里钻,她这才明白他要干什么,立刻剧烈地战栗起来,因为她感到自己在黑暗里孤立无援,刚从梦中惊醒,还睡意蒙眬,并且一丝不挂,而想要得到她的那个男人就在身边。她不情愿,这是肯定的;但是她只是有气无力地抵抗着,因为一方面她自己还得跟自己的本能做斗争,

而在天性纯朴的人身上，本能偏偏又特别强烈；另一方面，她又得不到自己意志力的保护，因为性格迟钝软弱的人偏偏又优柔寡断。她的脸时而转向墙壁，时而转向外面，躲避着农庄主人硬要嘴对嘴向她表示的爱意。她挣扎得筋疲力尽，身体只能在被窝里微微地扭动了。他呢，在性欲的驱使下，却变得非常粗野。他突然一把掀开她的被窝。这时她明白自己再也无法抗拒了。出于羞耻心，她像鸵鸟那样用两手蒙住脸，停止了自卫。

农庄主人这一夜就待在她身边。他第二天晚上又来了，以后每天晚上都来。

他们一块儿生活了。

一天早上，他对她说："我已经让教堂公布结婚告示。我们下个月就结婚。"

她没有回答。她能说什么呢？她也没有抗拒。现在还能做什么呢？

4

她嫁给了他。她感到自己掉进一个够不到边的深坑里，永远也爬不出来了；各种各样的不幸像巨大的岩石悬在她的头顶，随时都有可能落下来。她的丈夫，她总觉得自己像是偷了他的什么，总有一天他会发现的。她还想到自己的孩子，她的所有不幸都来自这个孩子，而她在这人世上的全部幸福也都来自这个孩子。

她每年去看他两次。每次回来都变得更加忧郁。

然而她渐渐习惯以后，她的顾虑消失了，她的心也平静下来了；她的生活过得比较有信心了，虽然她心头还隐隐约约浮动着一丝恐惧的余波。

几年过去了，孩子已经六岁。她现在几乎可以说是幸福的了，没想到农庄主人的心情却突然变得郁闷起来。

两三年来，他好像一直有什么心事，愁眉不展，一块心病在日渐加重。吃完晚饭他总在饭桌边呆坐很久，手捧着脑袋，长吁短叹，恓恓惶惶，好像深受着一件烦恼的事的折磨。他说话变得比以前急躁，有时甚至很粗暴。他好像对妻子有某种不便明说的看法，因为他对她说话时会突然发狠，甚至动不动就发火。

有一天，一个女邻居的孩子来买鸡蛋，她正忙着，对这个孩子有点儿不耐烦，她丈夫突然冲过来，恶声恶气地对她说：

"他要是你的孩子,你就不会这样对待他了。"

她惊诧了好一会儿,不知怎样回答才好。后来她回到屋里,以往的种种忧虑又都被唤醒了。

吃晚饭时,农庄主人不跟她说话,连看也不看她;他好像厌恶她,瞧不起她,好像终于知道了什么似的。

她不知所措,吃完晚饭不敢留下来单独跟他待在一起。她溜出去,径直朝教堂跑去。

夜晚降临了,狭窄的中殿里十分晦暗;但是在寂静中,她听见圣坛附近有人走来走去的脚步声,原来是圣器室管理人在点燃圣体龛前的那盏夜间照明的油灯。那一点抖动的灯光非常微弱,几乎淹没在拱顶下的黑暗中,但对萝丝来说却像是最后的一线希望。她眼睛望着那灯光,扑通跪了下来。

那盏小灯随着一阵拉链子的响声重新升到空中。紧接着在石板地上响起了木鞋的均匀的踢踏声,继而是绳子拖地的窸窣声。小钟敲响晚祷的钟声,穿过越来越浓的暮霭,传向远方。那个圣器室管理人要出去的时候,她追上了他。

"本堂神父先生在家吗?"她问。

他回答:

"我想在吧,他总是在晚祷敲响的时候吃晚饭的。"

于是她战战兢兢地推开本堂神父住宅的栅栏门。

教士正在吃饭,立刻请她坐下。

"嗯,嗯,我知道,您今天到这儿来要谈的事,您丈夫已经跟我谈过。"

可怜的女人简直要昏过去了。神父接着又说:

"您想要什么,我的孩子?"

他一勺一勺快速地喝着汤,一滴又一滴汤水洒在他腹部圆鼓鼓、脏兮兮的法袍上。

萝丝不敢再说什么,也不敢提出什么要求或者请求了。她站起来要走,神父对她说:

"加把劲……"

她便走了出去。

她回到农场,已经不知道自己在做什么了。农庄主人在等她;她不在的时候,干活的人都已经走了。她扑通一声跪倒在他前面,泪如雨下,呜咽不止。

"你为什么生我的气?"

他连呲带骂地大声嚷道:

"因为我没有孩子,他妈的!一个人娶老婆,可不是为了两个人到死还这样孤孤单单的。就是因为这个。一头母牛不下小崽，就一钱不值。一个女人不生孩子，也一钱不值。"

她哭着，结结巴巴地反复说：

"这不是我的错！这不是我的错！"

他的态度稍微缓和了一点儿，接着说：

"我没有说是你的错，但这总是让人不开心的事。"

5

从这天起她只有一个念头：生一个孩子，再生一个孩子，并且向所有的人吐露自己的愿望。

有个邻家女子教她一个法子：每天晚上让她丈夫喝一杯水，水里加点儿炉灰。农庄主人欣然同意。但是这个法子并没有见效。

他们想："也许会有什么秘方吧。"于是他们四处打听。有人告诉他们十法里以外住着一个牧羊人，于是有一天，瓦兰老板套上他的轻便双轮马车，动身去向那个人讨教。牧羊人交给他一个面包，面包表面做了一些记号，面包里面掺进了药草。他们应该在夜间行房事前后各吃一块。

可是面包吃光了也没有获得成果。

一位小学教师向他们透露了一些奥秘，一些农村人不知道而据他说是万无一失的做爱技巧。他们还是失败了。

本堂神父建议他们到费康去朝拜"宝血"。萝丝跟着一大群人匍匐在修道院里，把她的心愿和那些农民心里发出的庸俗的愿望混杂在一起。她恳求大家都在祈求的"那一位"保佑她再怀一次孕。结果还是徒劳无益。于是她想，这肯定是对她前一次犯罪的惩罚，心里痛苦极了。

她愁得人都消瘦了；她丈夫也衰老了，正像人们说的，"忧心如焚"，随着希望的落空，他一天比一天憔悴。

终于，战争在他们中间爆发了。他骂她，打她。白天跟她吵闹；晚上在床上，他气得喘喘的，恨得直咬牙，用污秽下流的话骂得她狗血喷头。

一天晚上，他再也想不出用什么新花样来折磨她，于是强迫她从床上起来，到门外淋着雨等天亮；她不服从，他就掐着她的脖子，挥拳打她的脸；她一声不吭，也一动不动，他更是怒不可遏，跳起来用膝盖压着她的肚子，咬牙切齿，怒发冲冠，不住手地毒打她。她在绝望中奋起反抗，使劲一搡，把他撞到墙上。她坐起来，然后用嘶哑的、变了调的声音嚷道：

"我有一个孩子，我，我生过一个！我跟雅克生的；你认识那个雅克。他答应娶我，可后来他跑了。"

他大吃一惊，愣在那儿，激动得比她还厉害。他嘟哝着追问：

"你说什么？你说什么？"

她呜咽起来，眼泪哗哗直流，结结巴巴地说：

"就因为这个我当初不愿意嫁给你，就因为这个。我那时不能告诉你，你会让我和孩子都没有饭吃的。你没有孩子，你，没有孩子，你不懂，你不懂！"

他的惊讶有增无减，下意识地重复着：

"你有一个孩子？你有一个孩子？"

她一边抽噎，一边说：

"是你强迫我的。你也许知道，我，我根本不愿嫁给你。"

于是他从床上起来，点亮蜡烛，手抄在背后，在屋里踱

来踱去。她瘫倒在床上，哭个不停。突然，他走到她面前停住，说："这么说是我的错了，竟然是我没让你生出孩子？"她没有回答。他又开始走来走去。然后又停住，问："你那个孩子几岁了？"

她喃喃地说：

"快满六岁了。"

他又问：

"你为什么不告诉我？"

她叹着气说：

"我能告诉你吗？"

他依然站在那里不动。

"喂，你起来。"他说。

她费劲地爬起来。等她靠着墙站稳了，他突然笑了起来，像在那些高兴的日子里一样放声大笑。见她还在惶恐不安，他便补充说：

"好，咱们去把这个孩子接回来，既然咱们俩不能生。"

她还是那么惊慌，如果不是实在没有力气，她肯定会逃走的。但是农场主人却搓着两手，低声说：

"我本来就想领养一个，现在找到啦，找到啦。我已经求本堂神父给我找一个孤儿。"

说罢，他仍然笑得合不上嘴，亲吻着眼泪汪汪发着愣的妻子，就像怕她听不见似的，大声说：

"喂，孩子他妈，去看看还有没有浓汤；我能吃它一锅子。"

她穿上裙子。他们下了楼；当她跪着把锅下面的火重新燃旺的时候，他乐不可支，继续迈着大步在厨房里走来走去，并且一迭连声地说：

"嘿！真的，这真叫我高兴；不是说说而已，我是真高兴，我实在是太高兴了。"

家事*

* 本篇首次发表于一八八一年二月十五日出版的《新杂志》第八卷；同年首次收入维克多·阿瓦尔出版社出版的莫泊桑小说集《泰利埃公馆》。

开往纳伊①的小火车刚驶过玛约门，正沿着通往塞纳河岸的宽阔的林荫道行驶。小车头拖着它那节车厢，鸣着汽笛赶开路上碍事的行人车辆，像一个气喘吁吁的长跑者，喷吐着蒸汽；活塞像是匆匆运动着的铁腿，发出"嗑嗵嗑嗵"的响声。夏日傍晚的闷热笼罩着路面；虽然一丝风也没有，还是扬起阵阵白色的尘土，像石灰似的，浓密，呛人，而且热

---

① 纳伊：巴黎西边的一个市镇，今全称"塞纳河畔纳伊"，紧邻巴黎西边，当时有小火车从市内的星形广场通往库尔波瓦的圆形广场；今属法兰西大区上塞纳省。

烘烘的。这尘土粘在人们湿漉漉的皮肤上,眯住人们的眼睛,甚至钻进人们的肺里。

大道两旁,不少人走到户外来透透气。

车窗的玻璃都放了下来;车子开得很快,所有的窗帘都在飘舞。只有寥寥几个人坐在车厢里(在这样的大热天,人们更喜欢待在车的顶层或者平台上)。其中有几个装束格调不怎么雅致的胖太太,这些郊区的中产阶级妇女,缺乏高贵的风采,却傲慢得不合时宜。还有几个在办公室辛劳了一天,已经疲惫不堪的男士,脸色蜡黄,弓腰缩背,因为长年伏案工作,看上去一个肩膀有点高。从他们焦虑不安、愁眉不展的面孔,就知道他们的家庭生活中烦恼重重,经常手头拮据,昔日的希望已经注定成为泡影。他们全都属于那支落魄潦倒的穷鬼的大军,在巴黎周边近乎垃圾场的田野上,在用石灰刷白的单薄的房子里,过着枯燥乏味的日子;门外的一小块花圃就算是他们的花园了。

紧挨着车门,有一个矮胖的男子,面颊有些浮肿,肚子垂在叉开的两腿中间,穿一身黑色衣服,挂着勋章绶带,正在跟一位先生聊天。对方身材瘦长,不修边幅,穿着肮脏的白色亚麻布衣服,戴一顶陈旧的巴拿马草帽。前一位是海军部的主任科员卡拉旺先生,说起话来慢慢腾腾,吞吞吐吐,有时候简直就像个结巴。后一位曾经在一条商船上当过卫生员,最后在库尔波瓦①圆形广场附近安顿下来,用他一生走南闯北仅剩的似是而非的医学知识,在当地贫苦居民中间行医;他姓舍奈,要人家称呼他"医生"。关于他的品行,颇有些闲言碎语。

卡拉旺先生一向过着标准的公务员的生活。三十年来,他每天早上一成不变地去上班,走的是同样的路,在同样的时刻,同样的地点,看见赶去办公的同样的脸;每天晚上他循着同样的路线回家,又遇见他亲眼看着变老的同样的脸。

他每天在圣奥诺雷城厢的拐角花一个苏②买一份报纸,又去买两个小面包,然后就走进部里,那神情活像个投案自首的犯人。他马不停蹄赶到办公室。他总是惴惴不安,时刻都在担心自己有什么疏忽,会遭到申斥。

从来也没有发生过什么事能改变他单调的生活规律;因为除了科里的事,除了升级和奖金,他对什么都不关心。不

---

① 库尔波瓦:巴黎西北郊的一个市镇,今属法兰西岛大区上塞纳省。
② 苏:法国旧时辅币,五生丁等于一个苏,二十苏等于一法郎。

论在部里还是在家里,(他已经不计较什么嫁妆,娶了一个同事的女儿)他从来不谈公务以外的事。他那被枯燥的日常工作弄得萎缩了的脑子里,除了和部里有关的以外,再也没有别的思想、希望和梦想。不过这个科员想起一件事总是愤愤不平:那些海军军需官,因为有银线饰带而被人称作"白铁匠"的,一调进部里就能当上副科长或者科长。每天晚上他都要在饭桌上,当着与他同仇敌忾的妻子,有根有据地论证:把巴黎的官职给那些本应该去漂洋航海的人,无论从哪一方面说都极不公平。

他现在已经老了。可是他竟没有感觉到自己这一生是怎么过去的,因为他出了中学大门就直接跨进了办公室,只不过从前望而生畏的学监,如今换成了他怕得要命的上司。一看见这些衙门暴君的门槛,他就浑身上下直打哆嗦。他在人前总显得窘迫不安,和人说话总是低声下气,甚至紧张得口吃,就是这种持续不断的恐惧心理所致。

他对巴黎的了解,并不比一个每天牵着狗到同一家门口讨饭的瞎子更多。即使在他那一个苏一份的报纸上读到什么大事或者丑闻,他也认为都是凭空杜撰的故事,编出来供小职员们消遣的。他是秩序的拥护者,保守派——虽无一定的政见，但敌视一切"新鲜事物"的保守派。凡是政治新闻他都略过不看，何况他那份报纸拿了某一方的钱，总是为满足该方的需要而对新闻加以歪曲。每天晚上，他沿着香榭丽舍大街①回家，望着熙熙攘攘的行人和川流不息的车辆，就像是远离本土的旅游者穿过遥远的异乡。

就在今年，他完成了按规定所必需的三十年的服务。一月一日那天，他获得了荣誉军团十字勋章。在这些军事化的机关里，就是用它来奖励那些被钉在绿色卷宗上的犯人，奖励他们漫长而又悲惨的苦役的，或者美其名曰"忠诚服务"。这个意外的荣誉使他对自己的才干有了新的、更高的认识，彻底改变了他的生活态度。出于对自己所属的国家"秩序"理所当然的礼貌和尊重，从那以后，他就取缔了杂色的长裤和式样花哨的上衣，只穿黑裤子和更适合佩戴他那宽宽的"绶带"的长礼服；他每天早上都要刮脸，更加仔细地清洁手指甲，并且每两天就换一件衬衫。总之，转眼之间，他就变成了另一个卡拉旺，整洁，庄重，而且待人接物还颇有些屈

---

① 香榭丽舍大街：巴黎最繁华的一条东西向的林荫大道，约两公里长，东起协和广场，西至星形广场，是巴黎的一条重要的轴心。

尊俯就的意味。

在家里，他说什么都要扯上"我的十字勋章"。他甚至骄傲到如此程度，对别人在扣眼上挂的任何一种勋章都无法容忍。他见了外国勋章尤其怒不可遏，——"这种勋章，根本就不应该允许在法国挂出来"。他特别看不惯舍奈"医生"，因为每天晚上在小火车上遇见他，他总是挂着一个不伦不类的奖章，有白的，有蓝的，有橙黄的，有绿的。

从凯旋门到纳伊的这段路上，他们两个人的对话总是老生常谈。这一天和往常一样，他们先说到的是地方上的种种弊端；他们对这些弊端都十分反感，可是纳伊市的市长却偏偏不闻不问。接着，正像和医生做伴必然会发生的那样，卡拉旺把话题转到疾病上，指望通过闲谈的方式捞到些许免费的指点，甚至是一次诊断呢，只要做得巧妙，别让他看出破绽。再说，近来他母亲的情况让他十分担心。她常常昏厥，好久才能醒过来。虽然九十高龄了，可她就是不愿意找医生看看。

卡拉旺一提到母亲的高寿就心情激动。他反复地对舍奈"医生"说："活这么大岁数的人，您常见吗？"说罢，他深感幸运地搓搓手，倒不是他希望看见老太太在世上没完没了地活下去，而是因为母亲寿命长也是他本人长寿的预兆。

他接着说："嘿嘿！我家的人都长寿；因此，我可以肯定，除非遇到意外事故，我一定能活到很老才死。"卫生员怜悯地看了他一眼，在转瞬间端详了一下对方通红的脸、肥肥的脖子、坠在两条松软的粗腿之间的大肚子，以及这虚胖的老职员容易中风的浑圆的身坯；然后，他一只手掀了掀扣在头上的那顶灰白色巴拿马草帽，冷冷一笑，回答："未必吧，老兄，令堂瘦得皮包骨，而阁下呢，胖得像个汤桶。"卡拉旺被他说得心慌意乱，哑口无言。

好在这时候小火车到站了。两个伙伴下了车。舍奈先生提议请他到对面他俩经常光顾的环球咖啡馆喝杯苦艾酒。老板和他们是朋友，向他们伸出两个手指头，隔着柜台上的酒瓶握了一下。然后他们就去找从中午起就坐在那张桌子上玩多米诺骨牌的三个牌迷。他们互相热情地打了招呼，并且问了那句少不了的"有什么新闻呀"，然后打牌的人继续打牌。他俩告辞的时候，人们向他们道了晚安。他俩出来以后，头也不抬，只是伸出手来互相握了一下，便各自回家吃饭。

卡拉旺住在库尔波瓦广场附近的一座三层小楼里。底层是一家理发店。

这套住房有两个卧室、一个饭厅和一个厨房,几把修过的、用的时候从这间屋搬到那间屋的椅子。卡拉旺太太把时间都花在打扫卫生上,而她的十二岁的女儿玛丽-路易丝和九岁的儿子菲利普-奥古斯特,常常和邻里的孩子们在林荫道的阳沟①里戏水。

卡拉旺把母亲安置在楼上。老太太的吝啬在这一带是出了名的,而她又长得瘦骨嶙峋,所以人们说:"天主"把他精打细算的原则都用在她身上了。她总是心情恶劣,没有一天能不跟人吵架、不发脾气。她经常隔着窗户,冲着站在门口的邻居、卖菜小贩、清道夫和儿童破口大骂。为了报复她,她出门的时候,孩子们就远远地跟在后面大叫:"老——妖——精!"

一个诺曼底来的粗心得令人难以置信的小女佣给他们做家务。为了防止老人发生意外,她就在三楼,睡在老太太的旁边。

卡拉旺回到家的时候,染上了洁癖的妻子正在用一块法兰绒布擦那几把分散在几个空荡荡的房间里的桃花心木的椅

---

① 阳沟:指马路中间或两边,稍稍低洼用于排水的渠道。

子。她老是戴着线手套,头上扣着一顶缀有五颜六色缎带的便帽,不停地往一边耳朵上滑。每逢有人撞见她在上蜡、刷、擦、洗东西的时候,她便这么说:"我不是有钱人,家里一切都很简单;不过我也有我奢侈的地方,那就是清洁,它跟别的奢侈同样有价值。"

她生来就讲究实际,而且固执己见;在一切事情上她都是丈夫的向导。每天晚上,在饭桌上,然后在床上,他们总是喋喋不休地谈论办公室里的事。虽然她比他小二十岁,他却像对神父似的,对她无所不谈,并且不论什么事都遵从她的意见。

她压根儿就没有漂亮过,现在更丑,矮小又干瘦。她那不多的女性特征，如果穿得合适，本来还是可以巧妙地显露一二，但她偏偏对衣着一窍不通，自然就被永远地埋没了。她的裙子好像总往一边歪。无论什么场合，哪怕在大庭广众面前，她也经常在自己身上抓抓搔搔，几乎成了一种怪癖。她容许自己采用的唯一装饰，就是在家里常戴的自鸣得意的便帽上扎上许多杂七杂八的丝带。

她一见丈夫回来，就直起腰，吻着他的颊髯，问："我的朋友，你想着去波丹①了吗？"（这话指的是他答应替她办的一件事。）他听了马上垂头丧气地倒在椅子上，这已经是他第四次把这事儿忘了。他说："邪门儿，真是邪了门儿啦，我一整天都在想着这件事，可没用，到了傍晚还是忘了。"见他很难过，她就安慰道："你明天记住不就完了。部里没有什么新闻吗？"

"有，还是一件大新闻呢：又有一个'白铁匠'被任命为副科长。"

她的脸立刻严肃起来，问：

---

① 波丹：法国著名的食品杂货店。

"哪个科？"

"对外采购科。"

她气呼呼地说：

"这么说，是拉蒙那个位子了，正好是我希望你得到的那个位子。拉蒙呢？他退休了？"

他喃喃地说："退休了。"她立刻暴跳如雷，便帽一直滑到肩膀上：

"完了！你看，这个破地方，现在什么指望也没有了。你说的那个军需官姓什么？"

"波纳索。"

她拿起总放在手边的海军年鉴查找，念道："波纳索。——土伦。——一八五一年出生。——一八七一年任见习军需官——一八七五年任助理军需官。"

"他出过海吗？"

听到这句问话，卡拉旺心里雨过天晴。他乐得肚子直抖。"跟巴兰，他的科长巴兰，正好是一路货色。"接着，他就开怀地笑着，讲起他那个部里的人全都觉得精彩的老笑话，"千万别派他们从水路去视察黎明军港，他们乘苍蝇船也会晕船呢。"①

不过，她就跟没听见似的，仍然板着脸。过了一会儿，她慢慢搔着下巴，咕哝说："要是我们能有一个有交情的议员就好了！只要议会知道部里发生的这一切，部长立马就会垮台……"

这时候，楼梯上传来的吵嚷声，打断了她的话。玛丽-路易丝和菲利普-奥古斯特从阳沟那儿玩耍回来了，他们一个阶梯一个阶梯地步步为营，你打我一个耳光，我踢你一脚。他们的母亲横眉怒目地冲了出去，一手抓住一个孩子的胳膊，使劲地摇晃着他们，把他们推进屋里。

他们一看见父亲，就连忙向他扑过去。他慈祥地吻他们，吻了很久，然后坐下来，让他们坐在自己的大腿上，跟他们说说话儿。

菲利普-奥古斯特是个小淘气，头发乱糟糟的，从头

---

① 黎明军港并不存在，但在流经巴黎西郊城市布洛涅-比昂库尔的塞纳河右岸有个黎明码头，黎明军港可能就是黎明码头的谑称。苍蝇船是一种服务于巴黎塞纳河水上交通的游船，因十九世纪中叶最早制造于里昂南面一个叫"苍蝇"的地方而得名。黎明码头是苍蝇船下行的停靠站；乘苍蝇船到黎明码头还会晕船，以此嘲讽没有航海经验的海军部官员。

到脚没有一处干净,脸上一副白痴相。玛丽-路易丝长得像她母亲,说话也像她,张口就像在重复她的话,甚至连手势也跟她一模一样。她也问:"部里有什么新闻呀?"

他开心地回答:"宝贝女儿,你那位每个月都要来咱家吃饭的朋友拉蒙就要离开我们了。有个新来的副科长接了他的位子。"她抬起头望着父亲,用早熟的孩子才有的那种体恤的口吻说:"这么说,又有一个人从你背上蹿过去了。"

他敛起笑容,没有回答;然后就岔开话题,问正在擦窗户的妻子:"妈妈在楼上好吗?"

卡拉旺太太停下手里的活儿,转过身来,把已经完全滑到背上的便帽重新戴好,嘴唇颤抖着说:

"哈!对啦!咱们就来谈谈你妈吧!她跟我唱了一出好戏!你想想看,理发师的妻子勒博丹太太上楼找我借一包淀粉，正好我出去了；你妈就像对待乞丐似的，把人家撵了出去。所以我回来也把老太太呲了一顿。可她跟往常一样，人家指出她的不是，她总是假装听不见。其实她并不比我聋，是不是？这根本就是装聋。她一声不吭，立刻上楼去了，就是证明。"

卡拉旺十分尴尬，沉默不语。正好，小女佣急匆匆地进来说晚饭已经准备好了。于是他拿起总是藏在墙角的那根扫帚把，往天花板上捅了三下，通知他母亲下来吃饭。然后他们便到饭厅去。卡拉旺太太分好菜汤，等着老太太下来。总不见她下来，汤也凉了，他们只好先慢慢地吃起来。每人盘子里的汤都喝光了，他们又继续等。卡拉旺太太恼火了，就拿丈夫撒气："你明知道她这是成心捣乱，可你还是老护着她。"他夹在中间，左右为难，只好打发玛丽-路易丝去叫奶奶，而他低着头，一动不动。他妻子气愤地用刀尖敲打着酒杯的脚。

门忽然开了，只见玛丽-路易丝一个人回来，她气喘吁吁，脸色煞白，慌慌张张地说："奶奶倒在地上了。"

卡拉旺猛地站起来，把餐巾往桌子上一扔，就冲了出去，楼梯上响起他沉重而又急促的脚步声。他妻子认为婆婆又在耍什么花招，不以为意地耸耸肩，慢吞吞地跟上楼去。

老太太脸朝下直挺挺地倒在屋子中间。儿子把她翻过来,只见她纹丝不动,毫无表情,皮肤蜡黄、皱巴巴的,像鞣过的皮革一样,两眼紧闭,牙关紧咬,整个干瘦的身躯已经发硬。

卡拉旺跪在她身边,一边呜咽一边喊:"我可怜的妈妈,我可怜的妈妈呀!"不过卡拉旺太太端详了一会儿,肯定地说:"得啦,她又晕过去了,没什么大事。放心吧,不过是耽误咱们一顿饭罢了。"

他们把老太太抬到床上,脱光了衣裳。卡拉旺,他妻子,还有女佣,三个人一齐动手给她揉搓身子。可是,尽管他们费了很大的劲儿,她还是没有恢复知觉。于是他们打发罗萨丽去请舍奈"医生"。他住在离苏莱纳①不远的河边,路很远。

---

① 苏莱纳:法国市镇,在巴黎西郊,位于塞纳河左岸,今属法兰西岛大区上塞纳省。

等了很久，他终于到了。他给老太太做了检查，量了脉搏，听了心脏，然后宣布："完了。"

卡拉旺扑在母亲身上，随着急促的抽噎，他的身子也在抖动。他拼命吻着母亲那张僵硬的脸，哭得那么伤心，大颗的眼泪像水滴似的洒在死者的脸上。

卡拉旺太太也适可而止地哭号了几声，然后就站在丈夫背后，微微地呜咽着，一个劲地揉着眼睛。

卡拉旺的脸都哭肿了，稀稀落落的头发也乱了，真心的悲痛让他变得很丑。他忽然站起来，说："不过……您能肯定吗？医生，您确实能肯定吗？……"卫生员连忙走过来，以老练利索的手法摆弄着尸体，像商人夸耀自己的货物似的，说："瞧，朋友，您瞧这眼睛。"他翻开老妇人的眼皮，眼珠在他手指下露了出来，没有任何变化，也许瞳孔有点儿放大。卡拉旺的心就像让人扎了一刀似的，一阵惶恐令他毛骨悚然。舍奈先生又抓起老太太僵硬的胳膊，使劲掰开她的手指头，好像面对一个辩论的对手，生气地说："您看看这只手。放心吧，我绝不会弄错。"

卡拉旺又扑到床上，一边翻滚，一边几乎像牛一样哞哞地哭号。他妻子则一直虚应故事地哭着，一边料理着必要的

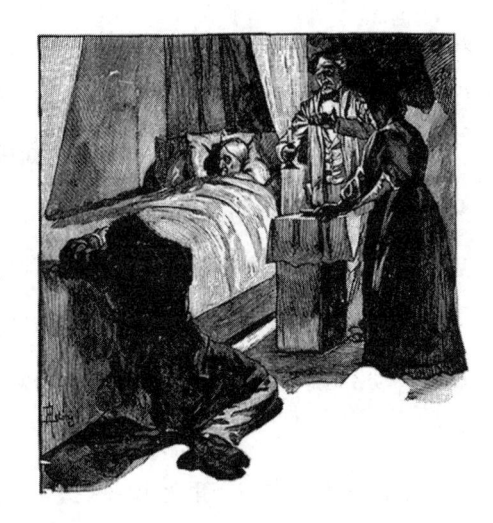

事。她把床头柜搬过来，铺上一块毛巾，摆上四根蜡烛，点着了；又从壁炉台上取下挂在镜子背后的一根黄杨树枝，搁在蜡烛之间的一个盘子里；没有圣水，就往盘子里倒满清水。可是她灵机一动，抓了一撮食盐扔在水里，大概在她的想象中这就算完成了祝圣的仪式。

布置完死神降临时应有的场景，她就一动不动地站着。刚才帮着她布置的卫生员，这时低声对她说："最好把卡拉旺领出去。"她点头赞同，便走到仍然跪在那里不住啼哭的丈夫身边，和舍奈先生一人架一条胳膊，把他扶了起来。

他们先让他坐在一把椅子上。他妻子连连吻着他的额头，开导了他一番。卫生员也在一旁帮腔，劝他要坚强，要拿出勇气，要安于天命，其实这一切都是一个人遇到这种天降横祸时根本办不到的。接着，他们俩就搀着他，把他领了出去。

他像个胖娃娃似的哭哭啼啼，痉挛了似的抽噎着，有气无力，胳膊耷拉着，两腿发软。他都不知道自己怎么下的楼，只是两只脚在机械地移动。

他们把他安置在吃饭坐的那把扶手椅上，面前是快要空了的汤盘，他的汤勺还浸在没喝完的汤里。他就这样坐在那里，一动不动，对着酒杯发愣；他如痴如呆，已经什么也不想了。

卡拉旺太太在一个角落里和"医生"谈话，打听该办的手续，请教各种各样的具体事宜。舍奈先生好像还在等着什么似的，最后他拿起帽子，说他还没有吃晚饭，行了个礼，就要走。她这才惊呼道：

"怎么，您还没有吃晚饭吗？那就留下在这儿吃吧，医生，留下在这儿吃吧！我们有现成的，这就给您端上来。您知道，我们也吃不了多少。"

他婉言推辞，可是她坚持挽留：

"这算得了什么呀，您就留下吧。遇到这种时候，能有个朋友在身边，真是件难得的事。再说，您也许能够劝我丈夫吃点东西提提神；他非常需要打起精神来。"

"医生"鞠了个躬,把帽子放在一件家具上,说:"既然如此,我只好从命啦,太太。"

她对昏了头的罗萨丽吩咐了几句,自己也坐下吃起来,照她的说法,不过是"装装样子吃点儿,陪陪'医生'"。

凉了的汤又端上来。舍奈先生喝完一盘,又要求添了一次。接着上的是一盘里昂式牛肚,散发出一股洋葱的香味,卡拉旺太太也决定尝一点。"味道好极了。""医生"说。她笑了笑:"是吧?"然后转过脸来对丈夫说,"你也吃点吧,可怜的阿尔弗雷德,哪怕垫垫肚子也好,想想看,你还要熬夜呢!"

他顺从地递过盘子去,好像即使人家命令他马上上床睡觉,他也会照办不误。实际上他现在已经任人摆布,既不会反抗,也不会思考了。然后,他就吃起来。

"医生"自己动手,一连从菜盘里取了三次。卡拉旺太太呢,隔不大会儿就用叉子叉一大块牛肚,装作漫不经心似的吞下去。

满满一盆通心粉端了上来,"医生"咕哝说:"嘿!这可是好东西。"这一次,卡拉旺太太给每人分了一份,甚至连孩子们的小碟子都盛满了。没有人顾得上管他们了,两个孩子连扒带抓地吃着碟子里的食物，喝着不掺水的葡萄酒，已经在桌子底下用脚开起战来。

舍奈先生想起罗西尼①对这道意大利美食的喜爱，冷不丁地说："瞧！还押韵呢；很可以作一首诗，用这样的诗句来开头：

'大作曲家罗西尼

吃通心粉成了癖……'"

不过并没有人听他说话。卡拉旺太太忽然变得若有所思：她在考虑这个变故可能带来的各种后果。她丈夫呢，把面包搓成一个个小球，放在桌布上，像白痴一样目不转睛地盯着这些面团。他好像嗓子眼儿干渴难熬，葡萄酒喝了一杯又一杯；他那被打击和悲伤搅乱了的头脑，已经变得轻飘飘的，仿佛在刚开始的、艰难消化过程突然造成的晕眩中乱舞。

"医生"喝起酒来像个无底洞，显然已经半醉了。而卡

---

① 罗西尼：全名焦阿基诺·罗西尼（1792—1868），意大利歌剧作曲家。

拉旺太太的精神受到这场震动以后也心绪慌乱,焦躁不安;尽管她喝的是白水,头脑也有点晕乎了。

舍奈先生开始讲起几个遇到丧事的人家发生的事来,在他看来这些事真是荒唐透顶。因为在巴黎的这个郊区,住满了外省①来的居民,常可以看到乡下人对死者,不管是亲爹还是亲娘,表现出的那种冷漠,那种缺乏敬意,那种连自己都意识不到的残酷无情。这些事在乡下司空见惯,在巴黎却十分罕见。他说:"瞧,就在上个星期,皮托街有一家来请我。我连忙跑了去。到了那里,病人已经死了,家属却围在床边若无其事地喝着茴香酒。这瓶酒原是头天晚上买来,让垂危的病人过过瘾的。"

不过卡拉旺太太并没有听他说话,而是一心在想着遗产;卡拉旺则是头脑空空,根本听不懂他在说什么。

咖啡倒好了;为了提神,煮得很浓。每一杯咖啡里都兑了白兰地,他们的双颊顿时现出一层红晕,他们已经神志恍惚的头脑里仅剩的一点思想也被搅得更乱。

随后,"医生"又突然抓起烧酒瓶,替每人斟上一杯"涮

---

① 外省:法国人通常称巴黎地区以外的地方为外省。

杯酒"。食物消化产生的温热让他们懒洋洋的，餐后烈酒产生的肉体的恬适让他们不由自主地沉醉，他们就这样一言不发，慢慢啜着在杯底浓缩成淡黄色糖浆的甜白兰地。

孩子们已经睡着了，罗萨丽把他们送上床。

人遇到不幸的事，大都喜欢以酒浇愁；在这种需要的驱使下，卡拉旺又无意识地一连喝了好几杯烧酒，他那呆滞的眼睛里闪耀着光芒。

"医生"终于站起来，准备走了；他抓住朋友的胳膊，说：

"喂！跟我一块儿去走走。吸吸新鲜空气对您有好处。一个人伤心的时候，不应该老待着不动。"

对方听从他的劝告，戴上帽子，拿起手杖，走出去。两人臂挽着臂，在星光下向塞纳河走去。

阵阵芳香在热烘烘的黑夜里飘拂，因为周围所有的花园在这个季节里正鲜花盛开。花的香气好像在白天沉睡，天一黑就苏醒过来似的，夹杂在黑暗中吹过的微风里四处洋溢。

宽阔的大街上静悄悄的，空无一人，两行煤气街灯一直伸向凯旋门。不过在那一边，巴黎在一片红雾笼罩下仍然热热闹闹，那是一片持续不断的喧嚣。远处的平原上偶尔有一列火车开足马力奔来，或者穿过外省朝大西洋驶去，火车汽笛长鸣，仿佛在和那片喧嚣遥相呼应。

户外的空气吹拂着他们的脸，一开始颇让他们感到那么意外，"医生"差点儿失去平衡；卡拉旺吃晚饭时就感到头晕，这一下晕得更厉害了。他好像在梦里走路，昏昏沉沉，疲软无力。因为陷入精神麻木状态，他不但不再感到强烈的悲伤，甚至感到轻松些了。弥漫在黑夜里的温馨的花香，更增加了他的轻松之感。

他们到了桥头，就顺着河向右走。塞纳河向他们迎面送来一阵凉风。在一排高耸的白杨树织成的帷幔前，河水忧郁而默默地流着；星星被河水荡漾着，仿佛在水中游泳。飘浮在对岸的淡淡的白雾，向人们的肺里注入一股潮湿的气息。卡拉旺突然站住了，因为这河水的气息在他心里勾起一件件久远往事的回忆。

他突然又看见昔日的母

亲，在他童年时，在遥远的皮卡第，弯着腰，跪在自家门前那流过他家园子的小溪边，洗她身边的一堆衣裳；他又听见她在寂静的田野上的捣衣声和她的喊声："阿尔弗雷德，给我拿块肥皂来。"他又闻到那流水的气息，那流水淙淙的土地上腾起的薄雾和那一直留在他心头难以忘怀的沼泽地上蒸起的水汽的味道，而且他恰恰是在母亲刚死的这个晚上找回了这种感觉。

他停下来，僵立不动，悲情哀思又袭上心头，就仿佛一道闪电，一下子把他的不幸整个儿暴露无遗；遇上这飘忽的微风，他又陷入无法挽救的痛苦的黑色深渊。他感到自己的心被这次无限的离别撕碎了。他的一生从此被一切两段；他的年轻时代随着母亲的去世而被死神整个儿吞没了，消失得无影无踪。整个的"过去"结束了，青少年时期的回忆全都化为乌有；再也没有人能和他谈谈往事，谈谈他从前熟悉的人，他的家乡，他自己以及他过去生活中那些私密的事。他生命中的那一部分已经不复存在，现在轮到另一部分等待着死亡了。

往事开始一件接一件在他的脑海里掠过。他又看见年轻的"妈妈"，她身上穿着已经磨旧了的连衣裙，那些连衣裙穿了那么久,在他的印象里好像和她本人已经密不可分了。他在原已忘记的千百个场景里,又找到了母亲模糊的面容,她的手势、语调、习惯、怪僻、易动的肝火、脸上的皱纹、瘦手指的动作,所有那些熟悉而又不会再有的姿态。

他紧紧扒着"医生"的肩膀,不住声地呜咽着。他两条绵软无力的腿颤抖着,整个肥胖的身体随着哭声哆嗦着,嘴里咕哝着:"妈妈,我可怜的妈妈,我可怜的妈妈呀!……"

但是,他那个仍然醉醺醺的同伴,此刻正想着到经常偷偷光顾的那个地方去结束这个夜晚。他被卡拉旺这阵猛然发作的哀伤弄得很不耐烦,扶着他在河边的草地上坐下以后,几乎立刻就借口去看一个病人,撇下他走了。

卡拉旺哭了很久。后来,眼泪哭干了,痛苦可以说也跟着流光了,他又感到一种轻松,一种安宁,心情也突然平静了下来。

月亮升起了,大地沐浴在柔和的月光里。高大的白杨树泛着银光,原野上的雾就像浮动的白雪。河面上不再有星星游泳,而是仿佛铺满了珍珠,不停地流着,激起闪烁的涟漪。空气温和,微风含着花香。沉睡中的大地透露出几分柔韧,卡拉旺尽情领味着这黑夜的甜美。他深深地呼吸着;一股清新、宁静的感觉，一种不可思议的快慰，似乎也随之渗透他的全身。

不过，为了抗拒这来得不合时宜的舒适感，他一遍遍地重复着："妈妈呀，我可怜的妈妈呀。"出于正直人的良知，他想哭；可是他又哭不出来。甚至连刚才还让他号啕大哭的那些回忆，也引不起他的半点悲情了。

于是，他站起来，循着原路慢步往回走。他沉浸在对一切都无动于衷的大自然的寂静里，自己的心也非他所愿地平静了下来。

他走到桥头，只见末班小火车亮着即将出发的信号灯；小火车的背后，环球咖啡馆的窗内灯火通明。

他觉得需要找个人倾诉一下自己的不幸遭遇，引起人们的同情和关切。于是他哭丧着脸，推开咖啡馆的门，径直走向柜台。老板依然在那里坐镇。他本希望会有这样一种效果：所有的人都站起身，走过来，一边主动和他握手，一边问："咦，您这是怎么啦？"可是偏偏没有一个人注意到他脸上的忧伤。他于是俯在柜台上，两手捧着头，咕咕哝哝地说："主啊！主啊！"

老板打量了他一眼，问："卡拉旺先生，您是不是病了？"他回答："我没病，可怜的朋友，是我的母亲刚刚去世了。"对方心不在焉地"啊"了一声；恰好这时候店堂尽头有个客人叫："来一杯啤酒！"他立刻扯着嗓门吓人地应道："好咧！……这就来！"撇下愕然的卡拉旺，赶去侍候客人。

三个牌迷仍然在晚饭前的那张桌子上，全神贯注、雷打不动地玩多米诺骨牌。卡拉旺走过去，寻求他们的同情。他们当中好像谁也没注意到他来了，于是他决定自己开口。"就这么一会儿工夫，"他对他们说，"我遭了一场大祸。"

那三个人同时微微抬了抬头，不过眼睛仍然盯着手上的牌。"怎么了？""我母亲刚刚过世了。"他们中的一个咕哝道："啊！不幸呀！"同时做出一个明明无动于衷却假装难过的表情。另一个人找不出什么话说，摇了摇头，吹了一个表示伤心的口哨。第三个人又打起牌来，好像心里在想："原来是这么回事！"

卡拉旺本来期望的是一句所谓"发自肺腑"的话。现在一看自己受到这样的冷遇，就走开了。这些人对朋友的痛苦居然如此冷漠，这让他感到气愤，尽管他的痛苦此刻已经大大缓和下来，连他自己也不怎么感觉得到了。

于是他离开了咖啡馆。

他妻子身穿睡衣，正坐在开着的窗户旁边的一把小椅子上等他。原来她心里一直惦记着遗产的事。

"快脱衣裳，"她说，"咱们上了床再说。"

他抬起头，眼睛望着天花板，说："可是……楼上……一个人也没有。""放心吧，罗萨丽守在她身边呢。你先睡一会儿，凌晨三点钟去替她。"

为了防备万一发生什么事情，他仍然穿着衬裤，头上包了一条围巾，就跟在妻子后面钻进被窝。

他们先并排坐了一会儿。她在想心事。

即使在这个时候，她的睡帽上也缀着一个粉红色的蝴蝶结，略微向一边的耳朵上歪着，仿佛她戴便帽养成的这个习惯无论何时也改不了似的。

她突然转过脸来，对他说："你知道你妈立过遗嘱吗？"他迟迟疑疑地说："我……我看没有……大概没有，她没有立过。"卡拉旺太太盯着丈夫的脸，压低了声音，愤愤不平地说："你瞧，真不像话，是不是？十年来我们辛辛苦苦服侍她，我们供她住，供她吃！换了你妹妹，她绝对不会干。就是我，要是早知道落得这样的结果，我也不会干！是的，将来人们想起她来，这可是件丢脸的事！你也许会对我说，她付给我们膳宿费呀。不错，但是子女们的照料，可不是花点钱就能买得到的，应该在死后用遗嘱来表示感激才对。正直体面的人都是这么做的。看来，我是白辛苦、白忙活了！这倒干净！这倒干净！"

卡拉旺被弄得心烦意乱，连声说："亲爱的，亲爱的，我求你啦，我求你啦。"

她数落了半天，渐渐地平静了下来，又用平常的声调说："明天上午应该通知你妹妹了。"

他一下子蹦了起来，说："真的，我居然没有想到这件事；天一亮我就去发电报。"可是，她该想的都想到了，她拦住他说："不，十点十一点之间再发；在你妹妹来到以前，咱们得有时间考虑怎么把要做的事情安排好。从沙朗通①到这儿，她最多两个钟头就到了。我们可以推说你昏了头。再说，上午通知，也不算晚呀！"

卡拉旺突然拍了一下脑门，就像平时谈到那位他一想到就要发抖的科长时那样，用战战兢兢的语调说："还应该通知部里一声。"她问："为什么要通知？遇到这样的事情，就

---

① 沙朗通：巴黎东郊的一个市镇，今属马恩河谷省。

是忘了也情有可原。相信我好了：不通知。你那位科长什么也不能说；你要狠狠给他一个难堪。""啊！这样嘛，好吧，"他说，"他见我没去上班，一定会大发脾气。嗯，你说得对。这是个好主意。等到我告诉他我妈死了，他也只好闷声不吭了。"

能这样作弄一下上司，这位科员甚感得意，一边搓着手，一边想象着科长的表情。这时候，老太太的尸体仍然躺在楼上，已经睡着的女用人就守在旁边。

卡拉旺太太忽然又变得烦恼起来，好像有一件说不出口的事在困扰着她。最后她还是下定决心，说："你妈已经把她的座钟给你了，对不对，就是那个女孩玩毕尔包凯球①的？"他想了一会儿，说："是的，是的，她对我说过；不过那是很久以前她刚到这儿来的时候说的。她当时确实对我说过：'如果你待我好，这个座钟将来就归你了。'"

卡拉旺太太吃了定心丸，愁眉顿时舒展了，说："你看呀，既然说过，就应该去拿过来；等你妹妹来了，她就不让我们拿了。"他有些迟疑，说："你真的这样想吗？……"她

---

① 毕尔包凯球：一种用长绳系住抛接球的游戏。

生气了:"我当然这样想。只要神不知鬼不觉搬到这儿来,那就是我们的了。她屋里的那个大理石面的五斗柜也一样。有一天她脾气好的时候答应过给我。咱们也一起搬下来吧。"

卡拉旺似乎不大相信。"不过,亲爱的,这可是责任重大呀!"她转过脸来,直眉瞪眼地说:"唉!真是的!你就永远改不了吗?你呀!你情愿自己的孩子饿死,也不愿意动一下手。那个五斗柜,从她答应给我的时候起,就是咱们的了,对不对?如果你妹妹不同意,让她来跟我说好了!我才不在乎你妹妹呢。好啦,起来,咱们这就去把你妈给咱们的东西搬下来。"

他就这样被制服了,哆哆嗦嗦地从床上下来;刚要穿长裤,她又拦住他,说:"不用穿外衣了,走吧,有衬裤就够了。你看,我就这么去。"

他俩穿着睡衣,悄悄爬上楼,小心翼翼地推开门,来到屋里。老太太在那里直挺挺地躺着,守着她的仿佛只有放着黄杨圣枝的盘子周围那四根燃着的蜡烛;因为罗萨丽躺在扶手椅上,早就睡着了。她伸着两条腿,两手交叉着放在裙子上,歪着头,一动不动,张着嘴打着轻鼾。

卡拉旺捧起座钟。像帝国时代大量生产出的艺术作品一样,这是一件滑稽可笑的摆设。一个镏金的年轻姑娘的铜像,头上饰着各种花卉,手上拿着一个毕尔包凯球当作钟摆。"给我,"他的妻子说,"你搬五斗柜的大理石面。"

他遵照她的吩咐,气喘吁吁,费了好大的劲才把大理石面扛到肩上。

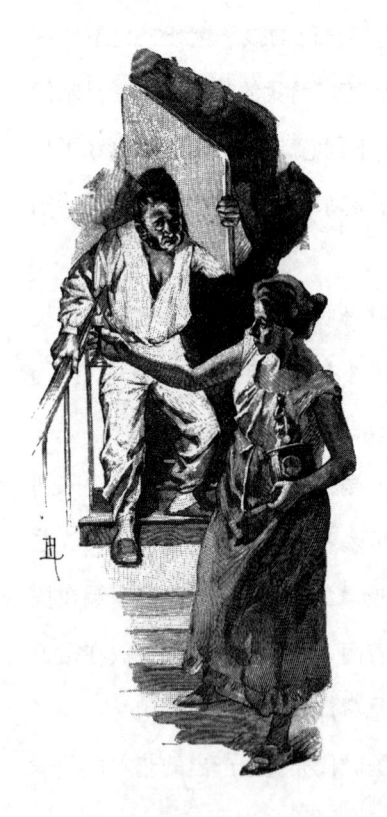

两口子开始起步了。卡拉旺伛着腰,走出房门,开始哆哆嗦嗦地下楼梯;他妻子倒退着走,一只手拿着蜡烛给他照亮,一只手抱着座钟。

到了自己的屋里,她松了一大口气。"最难的办完了,"她说,"再去搬剩下的。"

可是五斗柜的抽屉里装满了老太太的衣物,得放在什么地方才成。

卡拉旺太太灵机一动,

说:"快去把门厅里的那个松木箱子搬来;那箱子连四十个苏也不值,就摆在这儿吧。"木箱搬来以后,他们就开始倒腾。

他们把袖口、绉领、衬衣、便帽、躺在他们背后的那位老太太的所有寒酸的旧衣裳,都一件一件取出来,整整齐齐地放进木箱,好瞒哄第二天就到的死者的另一个孩子布罗太太。

倒腾完了,他们先把抽屉都搬下去,接着又一人抬一头把柜体搬下去。他们花了很长时间琢磨摆在什么地方最合适,最后才决定把它放在卧室里,床对面的两扇窗户之间。

五斗柜刚摆好,卡拉旺太太就把她自己的衣物放了进去。座钟放在饭厅的壁炉台上。然后两口子又仔细检查了一下布置的效果。他们感到满意极了。"很不错哟。"她说。他回答:"的确,很不错。"接着他们就上床睡觉。她吹灭了蜡烛。不久,在这座房子上面的二层楼里,所有的人都进入了梦乡。

卡拉旺睁开眼时,天已经大亮了。他刚睡醒,头还昏昏沉沉的,过了几分钟,才记起了刚发生的大事。他好像当胸狠狠挨了一拳,一骨碌跳下床,心里又是一阵难过,几乎哭出声来。

他急忙跑上楼。罗萨丽还在那间屋子里酣睡,仍然保持着头天晚上的那个姿势；其实她这一夜就没有醒过。他打发她去干活，自己动手换掉已经燃尽的蜡烛，然后就端详起母亲来。与此同时，他的脑海里滚动着那些貌似深奥的思想，那些芸芸众生在死人面前无法摆脱的宗教和哲学的俗见。

这时，他听见妻子叫他，便又走下楼。她已经把上午该办的事拉了一张单子。他接过满是术语的清单一看，吓了一跳。

单子上写着：

1. 去市政府登记；
2. 请医生验尸；
3. 定寿材；
4. 去教堂；
5. 去殡仪馆；
6. 去印刷所印讣闻；
7. 找公证人；
8. 打电报通知亲属。

此外还有一大堆要办的零七八碎的事。他拿起帽子，立刻出门。

这时消息已经传开了，女邻居们开始上门来要求看看死者。

在楼下的理发店里，老板娘和正在替顾客刮脸的老板，甚至还为这件事发生了一场争论。

女的一边织着袜子，一边咕哝道："又少了一个，少了一个小气鬼；这个小气鬼，可是世上少见。说真的，我从来就不喜欢她；不过还是应该去看看她。"

男的一边往顾客的下巴上抹肥皂，一边低声抱怨："您听呀，尽是些怪念头！只有女人们才想得出。她们活着的时候打扰您还不够，死了也不让您安生。"但是他妻子并不觉得有什么不好，接着说："我也没什么办法呀，只是觉得应该去一下。这一上午我都在惦记着这件事。我要是不去看看

她，就好像这一辈子都放不下似的。但是，仔细看看她，记住她的模样，我就心满意足了。"

手里拿着剃刀的丈夫耸耸肩膀，跟正在刮脸的那位先生说起悄悄话来："我倒要问问您，您对这些可恶的娘儿们是怎么想的？反正我不会觉得看死人有什么乐趣！"这话让他妻子听见了，她不动声色地回答："就是有趣嘛，就是有趣嘛。"说完，她把手里的毛线活儿往柜台上一撂，就上楼去了。

已经有两个女邻居捷足先登，正在和卡拉旺太太谈论这件不幸的事。卡拉旺太太绘声绘色地讲述着事情的经过。

她们朝停着尸体的房间走去。四个女人蹑手蹑脚地进去，先后蘸了点盐水洒在被窝上；接着跪下来，一边喃喃祈祷，一边画十字；然后就站起来，瞪大了眼睛，张大了嘴，久久地打量着尸体。这当儿，死者的儿媳用一块手绢捂住脸，强作伤心地抽噎着。

她转身要出去的时候，发现玛丽-路易丝和菲利普-奥古斯特全都穿着内衣站在门口，好奇地望着。她忘掉了做作出来的悲痛，扬起手，跑过去，气咻咻地大嚷："快给我走开，淘气鬼！"

十分钟以后,她陪着另一拨女邻居上楼来。她又在婆婆身上挥了挥黄杨树枝,做了祈祷,流了几滴眼泪,尽了她所有的义务。这时她发现两个孩子又出现在身后,便狠狠地打了他们两巴掌。但是到了第三次,她也就不再理会他们了。以后每次有客人来,两个孩子都跟着,跪在角落里,一遍遍照葫芦画瓢地模仿他们母亲的每一个动作。

一到下午,被好奇心驱使来的女人就减少了。没有多久,就不再有人上门了。卡拉旺太太便回到自己的屋里,忙着准备出殡的大大小小的事。死人就孤零零地停在楼上。

窗户开着。滚滚热浪夹着阵阵尘土扑进屋来;四根蜡烛的火苗在一动不动的尸体旁边跳动着;几个小苍蝇在被子上、两眼紧闭的脸上、伸出的两只手上爬来爬去,飞去又飞回,不停地兜着圈子;它们来拜访这位老太太,也等候着它们自己即将到来的死亡时刻。

玛丽-路易丝和菲利普-奥古斯特又到大街上去玩耍了。没多久,他们就被小朋友们包围起来,特别是那些女孩子,她们更机警,能够更快地嗅出生活中的一切秘密。她们像大人似的打听:"你奶奶死了,是吗?""死了,昨天晚上死的。""死人是什么样子?"玛丽-路易丝就解说起来:蜡

烛啦，黄杨树枝啦，死人的脸是什么样子啦。这番介绍激起孩子们强烈的好奇心，他们也要求上楼去看看死人。

玛丽-路易丝立刻组织了第一个旅行团：五个女孩和两个男孩，都是年龄最大，胆子也最大的。为了不让人发现，她强迫他们脱掉鞋子。这队人马潜入楼内以后，就像一支小老鼠的大军一样噌噌地蹿上楼。

到了屋里，小姑娘立刻模仿她母亲，有样学样地举行起仪式来。她郑重其事地领着小朋友们下跪、画十字、嚅动嘴唇，再站起来，往床上洒水。然后，孩子们就挤作一团，怀着恐惧、好奇而又兴奋的心情走到床边，观看死人的脸和手。这时，玛丽-路易丝突然用小手绢捂住眼睛，假装哭起来。不过，她猛地想到在外面等着她的那些孩子，马上忘了悲伤，急匆匆地带走这一批，紧接着又带来另一批，继而又是第三批；因为所有当地满街跑的孩子，甚至连那些衣衫褴褛的小乞丐，都闻讯赶来参加这新奇的娱乐。而且她每一次都把母亲那些装腔作势的动作重复得惟妙惟肖。

时间长了，她也累了，孩子们也被另外的游戏吸引到别处去了。老祖母又孤零零地躺在那里，被所有的人完全忘记了。

屋里布满了阴影，摇曳的烛光在她干瘪而又皱纹累累的脸上跳着光与影的舞蹈。

八点钟光景，卡拉旺上楼来，关好窗子，又更换了蜡烛。他现在进来，态度已经很平静了，因为他已经看惯了那具尸体，就像它已经在那儿摆了好几个月似的。他甚至还能够注意到它没有一点腐烂的迹象。坐下来吃晚饭的时候，他把这个发现告诉了妻子。她回答："可不，她就跟木头做的一样，至少能保存一年。"

他们一言不发地吃着菜汤。孩子们一整天没人管，已经人困马乏，倒在椅子里打起盹来。其他人也都保持着沉默。

灯光忽然暗下来。

卡拉旺太太捻了捻灯芯；可是油灯空洞地响了一下，长长地咕噜了一会儿，就熄灭了。他们偏偏又忘了买灯油！

如果现在去杂货店，肯定要耽误吃饭。他们就找起蜡烛来。可是，除了楼上床头柜上点的那几根以外，再也没有了。

卡拉旺太太做事总能当机立断；她马上打发玛丽-路易丝上楼去拿两根下来，其余的人就在黑暗中等着。

人们可以清晰地听到小姑娘上楼的脚步声。接着是几秒钟的寂静。突然，这孩子急急忙忙地跑下楼。她推开门，满脸惊恐，比前一天报告不幸的消息时还要紧张。她上气不接下气地说："哎呀！爸爸，奶奶在穿衣裳！"

卡拉旺一下子蹦了起来，被他带倒的椅子一直滚到了墙边。他结结巴巴地说："你说？……你说什么呢？……"

紧张得语不成声的玛丽-路易丝重复道："奶……奶……奶奶在穿衣裳……她就要下楼来了。"

卡拉旺先生发了疯似的奔向楼梯，大惊失色的妻子紧随其后。但是到了三楼的门口，他站住了，因为他吓坏了，不敢进去。他会看到什么场面呢？还是卡拉旺太太比丈夫胆大，她转动了一下门把手，走了进去。

屋里好像变得昏暗了许多。屋子中间，一个又高又瘦的人影在动。是老太太，她已经起来了。她从昏睡中醒过来，神志还没有完全恢复，就侧转身子，用一只胳膊撑着，把点

在灵床边的蜡烛吹熄了三根。等体力稍稍恢复,她就下床来找衣裳。见五斗柜不翼而飞,她起初的确有些迷惑;不过慢慢地在木箱最底下找到了,她就不慌不忙地穿起来。接着,她又把那一盘水倒掉,把黄杨树枝仍旧挂到镜子后面,把椅子都放回到原处。儿子和儿媳进来的时候,她正准备下楼。

卡拉旺冲过去,抓住她的手,拥吻她,热泪盈眶;他妻子在他背后虚情假意地连声说着:"真是太好啦,真是太好啦!"

但是,老太太却并不感动,甚至就像根本不明白他们在做什么。她的脸绷得像一座雕像,目光冷冷的,问了句:"晚饭快好了吗?"他已经昏了头,结结巴巴地说:"早好了,妈妈,我们正等你吃饭呢。"他表现出不寻常的殷勤,挽住她的胳膊。卡拉旺太太端起蜡烛,就像半夜里替扛大理石柜面的丈夫照路一样，一级一级地倒退着在前面引路。

到了二楼，她差一点跟正在上楼的人撞个满怀。原来是住在沙朗通的亲戚到了，布罗太太走在前面，后面跟着她的丈夫。

女的又高又胖，患水肿病的大肚子把上身撑得向后仰着。她见此情景，吓得目瞪口呆，打算掉头逃跑。她丈夫是个信仰社会主义的鞋匠，矮矮的个儿，满脸满鼻的须毛，一眼望去活像个猴子。他却没有大惊小怪，只是低声说："咦，怎么回事？她活过来啦！"

卡拉旺太太一认出他们，就连做了几个十分遗憾的手势，然后大声说："嘿！怎么！……是你们呀！真是令人惊讶！"

但是布罗太太已经被弄得晕头转向，不明白这句话的意思，所以低声回答："是你们打电报催我们来的，我们还以为已经完了呢。"

她丈夫在背后捏了她一把，叫她住口。然后，他在大胡子下面做了个奸笑，补救道："难得你们邀请我们，我们立刻就来了。"话里影射着两家人长期以来充满的敌意。这时，老太太已经到了楼梯最下面几级，他连忙迎上去，用盖住脸的胡子蹭了蹭她的双颊；怕她耳背，又对准她的耳朵大喊："您好吗，妈妈？还是那么硬朗，嗯？"

布罗太太看见本以为死了的人现在活得好好的，还心有余悸，甚至不敢上前去拥吻。她的庞大的肚子把整个楼梯口都塞满了，挡住了其他人的路。

老太太觉得有些蹊跷，已经起了疑心，不过一直不开口，只是望着周围的人。她的灰色的小眼睛四处打探着，犀利而又严峻，一会儿盯住这个人瞧瞧，一会儿盯住那个人望望，眼神里显而易见充满了想法，弄得她的孩子们很不自在。

卡拉旺希望打个圆场，说："老太太刚才有点不舒服；不过现在好了，完全好了。是不是，妈妈？"

老太太一边继续往前走，一边回答："一下子昏过去了。不过你们说的做的我全都听见了。"她说话的声音那么微弱，就像是从遥远的地方传来似的。

接着是一阵尴尬的沉默。众人走进饭厅，便在餐桌前坐下；面前是用几分钟时间临时凑起的一顿晚饭。

只有布罗先生一个人还能沉得住气。他那张大猩猩般的凶相逼人的脸怪相百出；他信口说些含沙射影的话，弄得所有的人都很难堪。

这还不算，门厅那边还频频传来门铃声，忙得晕头转向的罗萨丽一次次跑进来找卡拉旺；他总是连忙撂下餐巾走出去。他妹夫甚至问他：今天是不是他会客的日子。他支支吾吾地说："不不，都是些小事，没什么。"

后来，有人送来一包东西，卡拉旺冒冒失失地拆开一看，原来是印着黑框的讣闻。他的脸唰地红到耳根，赶紧又包起来，塞进坎肩里。

他母亲并没有看见；她在目不转睛地望着摆在壁炉台上的她的座钟，镀金的毕尔包凯球还在不停地摆动。在冷冰冰的沉默中，尴尬的局面越来越令人难堪。

老太太把她那巫婆似的皱纹密布的脸转过来，眼里闪着一丝狡黠的意味，对女儿说："星期一，把你的小丫头带来，我想看看她。"布罗太太顿时喜形于色，大声说："是啰，妈妈。"卡拉旺太太却脸色变得煞白，几乎气昏过去。

这当儿，两位男士正谈得越来越起劲；为了一点鸡毛蒜皮的小事，他们居然展开了一场政治辩论。布罗拥护各种革命的共产主义学说，他激动得指手画脚，两只眼睛在毛茸茸的脸上炯炯发光，叫嚷着："财产，先生，是对劳动者的掠夺；——土地应该属于大众；——继承权是一种堕落，一种耻辱！……"但是他说到这里突然打住了，好像刚才说了什么蠢话似的，有些发窘。过了一会儿，他才用比较温和的口吻说："不过现在不是争论这些事的时候。"

门开了，舍奈"医生"走了进来。一开始他大吃一惊，不过转眼间就显得若无其事了。他走到老太太跟前，说："哈哈！老太太！今天气色很好嘛！啊！我早就料到了，果然如此。刚上楼的时候，我还对自己说：我敢打赌，老太君，她又起来了。"他轻轻拍了拍她的背，接着说，"她结实得就像新桥①！你们等着瞧吧，咱们全得靠她老人家来挖坟地呢。"

他坐下来，接过递给他的咖啡，很快就加入两位男士的争论。他赞成布罗的意见，因为他自己也在公社②的事情上

---

① 新桥：巴黎塞纳河上最古老的桥，始建于一五七八年，建成于一六○七年。
② 公社：指一八七一年的巴黎公社革命。革命失败后，参加者遭到严厉镇压。

受到过牵连。

老太太感到累了,要回楼上去。卡拉旺连忙走过来。可是她眼睛瞪着他,说:"你马上把我的五斗柜和座钟搬上去。"不等他结结巴巴地说完"是的,妈妈",她已经挽着女儿的胳膊,走了出去。

卡拉旺两口子呆若木鸡,哑口无言,沮丧得像遭到一场飞来横祸似的。布罗却一边得意地搓着手,一边呷着咖啡。

卡拉旺太太气疯了,猛地朝他冲过去,嚷着:"你这个贼,无赖,流氓……我真想啐你一脸唾沫,我……我……"她找不出话来了,上气不接下气。而他呢,一直笑眯眯地啜着咖啡。

正在这时,布罗太太回来了,于是卡拉旺太太又朝她小姑子冲过去。这两个人,一个巨肥,挺着让人望而生畏的大肚子,另一个干瘦,动作狂乱得像是在发羊痫风,手哆嗦着,声调也变了,唇枪舌剑地互相辱骂。

舍奈和布罗过来拉架。布罗抓住他妻子的两个肩膀,把她推出门去,一边呵斥着:"滚,你这头蠢驴,别嚷了!"

人们可以听到他们在街上一边走远,一边还吵个不休。

接着,舍奈先生也告辞了。

只剩下卡拉旺两口子面面相觑。

男的一屁股倒在一把椅子上,两鬓沁出冷汗,咕哝着:"我怎么去对科长说呢?"

西蒙的爸爸*

* 本篇首次发表于一八七九年十二月一日的《政治、文学、哲学、科学和经济改革》；一八八一年首次收入维克多·阿瓦尔出版社出版的莫泊桑小说集《泰利埃公馆》。

中午十二点钟的铃声刚刚敲响,学校的大门打开了,孩子们你推我搡,争先恐后地拥出来。但是,他们并不像平日那样迅速散去,各自回家吃饭,而是在不远的地方停下,扎堆儿说起悄悄话来。

原来这天上午,布朗绍大姐的儿子西蒙第一次来上课。

他们在家里全都听人谈起过布朗绍大姐。尽管人们在公开场合对她挺有礼貌,可是母亲们私下谈到她却是同情心里夹杂着一点轻蔑。这种情绪也感染了孩子们,虽然他们根本不知道为什么。

西蒙呢,他们并不了解他,因为他从来不出家门,也不跟他们在村里的街道上或者河边嬉闹。他们不大喜欢他,所以听一个十四五岁的伙伴说:"你们知道吗……西蒙……嘿,他没有爸爸。"他们都有些幸灾乐祸,同时十分惊奇,听完了又互相转告。那个男孩子一边说着一边还神道道地挤眉弄眼,似乎他知道得多着哩。

布朗绍大姐的儿子这时也走出校门。

他约有七八岁,脸色有点苍白,很干净,样子很腼腆,甚至有些手足无措。

他正要回母亲家。这时,成群结伙的同学,一面小声议论着,一面用孩子们策划坏招儿的时候常有的机灵而又残忍的目光盯着他,逐渐从四面八方走过来,最后把他团团围住。他停下脚步,呆呆地站在他们中间,既感到惊讶又觉得尴尬,不明白他们要对他做什么。这时,那个因为披露隐情获得成功而深感自豪的男孩问他:

"喂,你叫什么名字?"

"西蒙。"

"西蒙什么?"那男孩追问。

西蒙完全被弄糊涂了,他重复说:"西蒙。"

那男孩对他嚷道:"人家都是叫西蒙再加上点什么。西蒙……这,可不是一个姓呀。①"

他,几乎要哭出来了,第三次回答:"我叫西蒙。"

小淘气们哄然大笑。得胜的那个男孩提高了嗓门:"你们看到了吧,他果真没有爸爸。"

顿时鸦雀无声。孩子们被这件异乎寻常、无法想象、骇人听闻的事惊呆了。一个男孩居然没有爸爸!他们像看一个怪物、一个违反自然的东西一样看着他,感到母亲们一直没有挑明的对布朗绍大姐的轻蔑,在自己的心里突然增强了。

西蒙呢,他连忙靠在一棵树上才没有栽倒;他待在那里,仿佛被一场无法挽回的灾难惊呆了。他想辩解。但他不知道该说什么来回答他们,否认他没有爸爸这件可怕的事。最后,他面无血色,只能随口对他们大喊:"我有,我有爸爸。"

"他在哪儿?"还是那个男孩问。

西蒙哑口无言,他确实不知道。孩子们都很兴奋,笑个

---

① 西蒙是名,法国人的姓名通常是名在前,加上父姓组成。

不停。这些乡下孩子经常接近动物。鸡栏里的母鸡见一个同类受伤,就马上把它咬死。他们竟也觉得有这种残酷的需要。这时,西蒙忽然发现一个邻居家的小孩,是一个寡妇的儿子,他总看见他跟自己一样,孤单一人和妈妈在一起。

"你也一样呀,"他说,"你也没有爸爸。"

"我有,"那孩子回答,"我有爸爸。"

"他在哪儿?"西蒙反击道。

"他死了,"那孩子趾高气扬地说,"我爸爸,他躺在坟墓里。"

淘气鬼们发出一片低低的赞许声,好像有个死去的父亲躺在坟墓里,这一事实已经把他们的伙伴变得伟大,足以压扁那个根本没有父亲的孩子。这些捣蛋鬼,他们的父亲大都是些恶棍、酒鬼、小偷,并且惯于虐待老婆。他们有样学样,互相推挤着,把包围圈缩得越来越严实,就好像他们这些合法的儿子要施放出一种压力,把那个不合法的儿子闷死似的。

突然,站在西蒙对面的一个孩子,带着嘲弄的神情冲他伸伸舌头,对他高喊:

"没有爸爸! 没有爸爸!"

西蒙揪住他的头发,使劲踢他的腿,同时狠狠咬他的脸。场面乱作一团。等两个打架的被拉开，西蒙已经被打得不轻，衣服撕破了，身上青一块紫一块，在拍手称快的小淘气们的包围中，蜷缩在地上。当他站起来，下意识地用手拂拭沾满灰尘的白罩衫时，有个孩子冲他大喊一声：

"去告诉你爸爸好了。"

这一下他心里感到全垮了。他们比他强大，他们打败了他。而他却根本无法反击他们，因为他意识到自己真的没有爸爸。他自尊心很强，起初竭力忍住难过的眼泪；可是没有几秒钟，他就憋得透不过气来。接着，虽然没有叫喊，但他大声地哭泣起来，身子也不由得剧烈地颤动。

敌人们发出一阵残忍的哄笑。就像欣喜若狂的野人一样，本能地牵起手，环绕着他一边跳舞一边像唱叠句般地反复叫喊："没有爸爸哟！ 没有爸爸哟！"

可是西蒙突然停止抽泣。他勃然大怒。脚边有几块石头；

他捡起来，使劲向那些虐待他的人扔去。两三个孩子被石块击中，号叫着抱头逃窜。他那么气势汹汹，其余的孩子也大为惶恐。人多也怕红脸汉；他们胆怯了，顿时散伙，逃之夭夭。

只剩下他一个人了，这没有父亲的小男孩撒开腿向野外跑去，因为他想起一件事，让他在头脑里做出一个重大的决定：他要投河自尽。

原来他想起一个星期以前，一个靠乞讨为生的穷汉，因为已经身无分文，跳了河。把他的尸体捞起来的时候，西蒙正好在那里。这个不幸的人，平时西蒙觉得他很可怜，又肮脏又丑陋；但这时他的脸变得白皙了，长长的胡须湿润了，睁开的两眼很宁静，那副安详的神情给他留下了深刻的印象。周围有人说："他死了。"又一个人补了一句："他现在倒是很幸福了。"西蒙也想跳河，因为他没有父亲，就像那个不幸的人没有钱一样。

他来到河边，看着流水。几条鱼在清澈的流水中迅疾地窜游嬉戏，不时地轻盈一跃，衔住在水面上飞舞的小虫。他不再哭，而去看那些鱼，它们的表演引起他的强烈的兴趣。不过，正像暴风雨平息的过程中偶尔会突然掠起几阵狂风，吹得树木咯吱作响,然后才消逝在天边,"我要跳河,因为我没有爸爸",这个念头伴着一股剧烈的悲痛又涌上他的心头。

天气很热,很晴朗。温柔的阳光照晒着青草。河水像明镜似的闪着光。有那么几分钟的时间,西蒙觉得舒服极了,也感到痛哭之后常有的困倦;他恨不得就在那里,在那草地上,在温暖的阳光下睡上一会儿。

一只绿色小青蛙跳到他的脚边,他试图捉住它,青蛙逃开了。他追它,一连抓了三次都失败了。最后他总算抓住它的两条后腿。看着这小动物竭力挣扎想要逃脱的样子,他笑出声来。那青蛙先是蜷拢两条大腿,然后用力一弹,两腿猛地一伸,像两根棍子一样挺直;与此同时,它那带一道金箍的眼睛瞪得圆圆的,两只像

手一样舞动的前爪向空中扑打着。这让他联想到一种用窄窄的小木片彼此交叉钉成的玩具,就是通过同样的运动,牵动着插在上面的小兵操练的。这时,他想到了家,想到了妈妈,一阵心酸,又哭起来。他浑身颤抖着,跪下,像临睡前那样念起祈祷文。但是他没法念完,因为他抽泣得那么急促,那么厉害,他已经神昏意乱。他什么都不再去想,也不再去看周围的一切,只顾着哭。

突然,一只壮实的手搭在他的肩膀上,一个厚实的声音问他:"什么事让你这么伤心呀,小家伙?"

西蒙回过头去。一个长着黑胡须和卷曲的黑头发的大个子工人和善地看着他。他眼泪汪汪、喉咙哽噎地回答:

"他们打我 …… 因为 …… 我 …… 我 …… 没有爸爸 …… 没有爸爸。"

"怎么会,"那人微笑着说,"每个人都有爸爸呀。"

孩子强忍悲伤,语不成声地接着说:"我 …… 我 …… 我没有。"

这时那工人变得严肃起来。他认出这是布朗绍大姐的孩子,虽然他刚到此地不久,也隐约耳闻些她过去的事。

"好啦,"他说,"别难过啦,孩子,跟我回去找妈妈吧。

你会有……一个爸爸的。"

他们上路了，大汉挽着小孩的手。那汉子又露出了微笑。去见见据说是当地数得着的漂亮妹子布朗绍大姐，他不会不开心；也许他心里还在对自己说失过足的妞儿很容易重蹈覆辙呢。

他们来到一个干干净净的白色小房子前面。

"就这里，"孩子说，然后叫了声，"妈妈！"

一个女子走出来。她神情严肃地停在门口，仿佛在防止一个男人跨进门槛，因为她已经在那座房子里遭到另一个男人背弃。工人顿时敛起笑容，因为他立刻明白：跟这个脸色苍白的高个儿姑娘是开不得玩笑的。他有些不知所措，手捏着鸭舌帽，结结巴巴地说：

"瞧，太太，我把您的孩子送回来了。他在河边迷路了。"

可是西蒙扑上去搂住母亲的脖子，一边又哭起来一边说：

"不是的，妈妈，我是想跳河，因为别人打了我……打了我……因为我没有爸爸。"

年轻女子脸红得发烫，心如刀割；她紧紧搂住孩子，眼泪唰唰地流到面颊上。工人深受感动，站在那里，不知怎样

走开才好。这时,西蒙突然跑过来,对他说:

"您愿意做我的爸爸吗?"

一阵沉默。哑口无言、脸羞得通红的布朗绍大姐,身子倚着墙,两手按着胸口。孩子见那工人不回答,追问道:

"您要是不愿意,我就回去跳河。"

工人只当是说着玩,笑着回答:

"我当然愿意喽。"

"你叫什么?"孩子于是问,"别人再问起你的名字,我好回答他们呀。"

"菲利普。"男子汉回答。

西蒙沉默片刻,好把这名字牢牢记在心里,然后张开双臂,十分欣慰地说:

"好啦!菲利普,你是我的爸爸啦。"

工人把他抱起来,猛地在他双颊上吻了两下,就迈着大步快速离去。

第二天,西蒙走进学校,迎接他的是一片恶意的笑声。放学时,那个大孩子正想故技重演,西蒙像扔一块石头似的,劈头盖脸扔过去这句话:"我爸爸叫菲利普。"

周围响起一片开心的号叫。

"菲利普谁？……菲利普什么？……菲利普是个啥呀？……你这个菲利普是从哪儿弄来的？①"

西蒙根本不屑于回答；他怀着坚定不移的信念，用挑战的目光望着他们。他已经做好了准备，宁愿被欺凌死，也不愿在他们面前逃跑。老师替他解围，他才回到母亲家。

在此后的三个月里，大个子工人菲利普经常在布朗绍大姐家附近走过，有时见她在窗边做针线，就鼓起勇气走过去和她搭话。她礼貌地回答他，不过总是很庄重，从来不跟他说笑，不让他进她的家门。然而，像所有的男人一样，他也有点儿自命不凡，总觉得她跟他说话的时候，脸儿比平时红一些。

可是，名声一旦坏了是很难恢复的，即使恢复了也依旧十分脆弱。尽管布朗绍大姐谨言慎行，当地已经有人在说长道短了。

西蒙呢，他非常爱他的新爸爸，几乎每天晚上都要在他下工后和他一起散步。他天天按时上学，从同学们中间走过的时候态度非常尊严，根本不去理睬他们。

---

① 菲利普是名不是姓，所以调皮的孩子们继续嘲弄西蒙。

然而，有一天，曾经带头攻击他的那个大孩子对他说：
"你撒谎，你没有一个叫菲利普的爸爸。"

"为什么没有？"西蒙气呼呼地问。

大孩子搓着手，接着说：

"因为你要是真有这样一个爸爸，他就应该是你妈妈的丈夫。"

面对这个正确的推理，西蒙心慌了，不过他还是回答："反正他是我的爸爸。"

"也许吧，"大孩子嘲笑着说，"不过，他不完全是你的爸爸。"

布朗绍大姐的孩子低下头，若有所思地向卢瓦宗老爹的铁匠铺走去。菲利普就在那里干活。

那铁匠铺就好像掩没在树丛里。铺子里很暗，只有炉膛里熊熊的红色火光照亮了五个赤着臂膀的铁匠，在铁砧上击打着，发出震耳的叮当声。他们站在那里，仿佛一群燃烧的精灵，注视着他们正在任意改变形状的铁块；他们沉重的思想也随着铁锤一起一落。

西蒙进去的时候谁也没看见他，他悄悄走过去拉了拉他的朋友的袖子。后者回过头来。工作戛然而止，大家都关心地看着。就在这不寻常的寂静中，响起西蒙细弱稚嫩的声音：

"喂，菲利普，米绍大婶的儿子刚才对我说，你不完全是我的爸爸。"

"为什么？"那工人问。

孩子十分天真地回答：

"因为你不是我妈妈的丈夫。"

谁也没有笑。菲利普伫立着，两只硕大的手拄着立在铁砧上的锤柄，脑门贴在手背上。他在沉思。四个伙伴看着他。在这些巨人中间显得很渺小的西蒙，焦虑地等待着。突然，一个铁匠发出了所有人的心声，对菲利普说：

"布朗绍大姐的确是个善良勤劳的姑娘，又能干又稳重，尽管遭到过不幸；对于一个正直的男人来说，她倒是个挺体面的媳妇呢。"

"这个，倒是真的。"另外三个人说。

那工人继续说：

"如果说这姑娘失过足，难道是她的过错吗？人家原来口口声声要娶她的。我就认识不止一个女人，从前有过类似的经历，如今很受人敬重哩。"

"这个，倒是真的。"那三个人齐声回应。

那人又接着说："从那以后，她除了上教堂，从来不出家门，这可怜的姑娘一个人拉扯孩子，受了多少苦，又流过多少泪，只有善良的天主知道了。"

"这也是真的。"另外几个人说。

这以后，除了风箱扇动炉火的呼哧声，就什么也听不见了。突然，菲利普弯下腰，对西蒙说：

"去告诉你妈妈，今天晚上我要去跟她谈谈。"

说罢他就推着孩子的肩膀送他出去。

他又走回来干活。不约而同地，五把铁锤一起落在铁砧上。他们就这样锤打，直到天黑，个个都像那些得心应手的铁锤，坚强，有力，而又欢快。不过，就像在节日里，主教座堂大钟的鸣响总要胜过其他的教堂；菲利普的铁锤一刻不停、有节奏地击打，发出震耳的铿锵，盖过了其他的锤声。

而他本人呢，站在飞溅的火花里，热情洋溢地锻造着，两眼耀动着光芒。

他来叩响布朗绍大姐的家门时，已经是满天星斗。他身着星期日才穿的那件罩衫和一件鲜亮的衬衣，胡须刚刚修剪过。年轻女子出现在门口，带着为难的表情对他说："菲利普先生，天都黑了到这里来，可不好呀。"

他想回答，可是结结巴巴不知道怎么说才好，尴尬地面对着她。

她接着说："再说，您一定明白，再也不能让人说我的闲话了。"

这时，他毅然地说：

"那又有什么关系，如果您愿意做我的妻子！"

没有半个字的回答，不过他听到在昏暗的屋子里有个人倒下去的声音。他连忙走进去。已经睡在床上的西蒙，听出

一次亲吻的声音和母亲的几句轻声细语。接着,他突然被他朋友的双手抱了起来,后者用他大力士的臂膀举着他,大声对他说:

"你告诉他们,你的同学们,你的爸爸是铁匠菲利普·雷米;谁要是欺负你,他就揪谁的耳朵。"

第二天,同学们都到齐了,就要开始上课,小西蒙站了起来,脸色苍白,嘴唇战栗着,用清脆的声音说:"我的爸爸是铁匠菲利普·雷米,他说谁要是再敢欺负我,他就揪谁的耳朵。"

这一次,再也没有人笑了,因为大家都认识这个铁匠菲利普·雷米;有他这样一个爸爸,人人都会感到骄傲的。

一次郊游*

* 本篇于一八八一年四月二日和九日首次以连载方式发表于《现代生活周报》;同年首次收入维克多·阿瓦尔出版社出版的莫泊桑小说集《泰利埃公馆》。

杜福尔太太名叫佩特罗尼尔。五个月以前他们就计划好，要在她的圣名瞻礼日那天去巴黎郊区吃午饭①。他们一直焦急地等着这次出游，这天一大早就起来了。

杜福尔先生向送牛奶的人借来一辆马车，由他自己驾驭。这辆两轮马车挺干净；它带有顶棚，由四根铁柱子支撑着；柱子上系着帷布。不过，为了看风景，三面的帷布都撩了起来，只有后面的那一幅，像一面旗子似的顺风飘舞。妻子坐在丈夫旁边，穿着特别扎眼的樱桃红的绸连衣裙，像一枝盛开的花朵。后面的两把椅子上坐着老祖母和一个年轻姑

---

① 杜福尔太太佩特罗尼尔的名字取自圣女佩特罗尼尔，公元一世纪的一位基督教殉道者，按照基督教的日历，每年的五月三十一日是纪念这位圣女的瞻礼日。

娘。还能看到一个小伙子的黄头发，他没有座位，就躺在最后面的车底板上，只露出一个脑袋。

走过香榭丽舍大街，又穿过马约门①的城防工事，他们就观赏起景色来。

到了纳伊桥②，杜福尔先生说："终于到了乡下了！"他的妻子听他这么一说，已经被大自然打动了。

车到库尔波瓦的圆形广场，遥远的天际让他们惊叹不

---

① 马约门：巴黎的历史中轴线上从星形广场西行经过的第一个城门，一八七一年巴黎公社时期围绕巴黎建了十八处城防工事，其中一处就在马约门。
② 纳伊桥：一座跨越塞纳河的桥梁，右岸是纳伊，左岸是库尔波瓦。

已。右边是阿尔让特依①,高高耸立着它的钟楼;上方呈现出萨努瓦高地、奥尔热蒙磨坊②。左边,在清晨晴朗的天空中,勾画出马尔利渡槽③的身影;再远点,还可以看到圣日耳曼④的平台。正前方,连绵的山丘尽头,有一片掘过的土地,说明那儿是科尔梅依⑤的新要塞。越过平原和村庄极目远望,老远的深处隐约可见一片郁郁葱葱的森林。

太阳开始灼烧人们的面孔,灰尘时不时地吹进眼睛。大路两边伸展着无尽的赤裸、肮脏、臭气烘烘的田野。就好像一场麻风病蹂躏过这片平原,把房子都摧毁了,因为到处是

---

① 阿尔让特依:巴黎西北面塞纳河畔的一个市镇,今属法兰西岛大区瓦兹河谷省。
② 在瓦兹河谷省的阿尔让特依和萨努瓦之间,由西北向东南的一条线上,排列着萨努瓦高地、栗树坡、奥尔热蒙磨坊等多处胜景。
③ 马尔利渡槽:或称卢沃席埃纳渡槽,路易十四统治时期在卢沃席埃纳修建的一座渡槽,今已弃用,成为历史性建筑物。
④ 圣日耳曼:今全名"圣日耳曼-昂-莱",位于法兰西岛大区伊夫林省,巴黎西北郊塞纳河畔的一个城市,距巴黎约二十公里。圣日尔曼著名的平台,是纵览巴黎的胜地。
⑤ 科尔梅依:全名"帕利西地区科尔梅依",今属法兰西岛大区瓦兹河谷省。科尔梅依的要塞建于一八七〇年至一八七一年普法战争翌日,是保卫巴黎的环城防御工事的一部分。

遭到破坏和遗弃的建筑物的骨架与没付钱给包工头而烂尾的小房子，没有屋顶的断垣残壁目不暇接。

在贫瘠的土地上，隔一段距离就矗立着几根工厂的长烟囱，这腐臭的原野上仅有的"植物"。春天的微风吹过，传播着石油和页岩味，还夹杂着别的更难闻的气味。

他们终于第二次穿过塞纳河①；置身桥上，那真是令人心旷神怡。河面在阳光下闪烁，烈日蒸腾起一片水汽。他们这才感到一种温柔的恬适，一种终于呼吸到纯洁些的空气的舒心的清凉；因为这里的空气没有掠过工厂的黑烟或者粪坑的疫气。

一个过路人说，这地方名字叫波宗②。

马车停下，杜福尔先生开始读一个经济小饭馆的吸引人的招牌：

  普兰饭馆
  水手鱼和油炸鱼，

---

① 他们的马车经过纳伊桥时是第一次越过塞纳河。
② 波宗：法国市镇，位于巴黎西北方的塞纳河右岸，今属法兰西岛大区瓦兹河谷省。

小包间，散步小树林和秋千

"喂！杜福尔太太，这地方你看怎么样？最后由你决定，好吗？"

他妻子也读了一遍："普兰饭馆，水手鱼和油炸鱼，小包间，散步小树林和秋千。"接着她又打量了那座房子很久。

这是一家乡村客栈，外墙都涂成白色，坐落在大路边。店门敞开着，可以看到里面闪亮的锌质柜台，柜台后面坐着两个节日打扮的伙计。

杜福尔太太终于决定了，说："行，挺好，再说还有点视野。"马车驶进客栈后面一片种着大树的宽阔的场地，这片场地和塞纳河只隔着一条纤道。

于是大家下了车。丈夫第一个跳下车，然后张开双臂接他的妻子。两根铁棍支撑着的脚踏板离得很远，为了够得上它，杜福尔太太不得不露出一条腿的下部；可以看到，由于大腿掉下来的脂肪侵入，这小腿正失去它原来的纤细。

田园的氛围已经让杜福尔先生兴奋起来，他迅速地拧了一下她的腿肚子，然后把她抱起来，像放一个硕大的包袱一样，重重地把她放在地上。

她用手拍了拍绸连衣裙，掸掉上面的尘土，然后看了看眼前这个地方。

这是一个三十六岁左右的女人，肉墩墩的，像盛开的花朵，看上去挺讨喜。胸衣太紧，勒得她憋得慌，她艰难地呼吸着；这副装备压着她过于丰硕的胸脯，把两个动荡的大肉块挤向她的双下巴。

接着，那个年轻姑娘把手搭在父亲的肩膀上，自己轻轻地跳下来。黄头发小伙子一只脚撑着车轮下了车，又帮着杜福尔先生把老祖母抱下车。

然后给马卸了套，把它拴在一棵树干上；马车前倾，两根车辕着地。两个男人脱掉常礼服，在一桶水里洗了手，然后走到已经登上秋千的女士们身边。

杜福尔小姐独

自站在秋千上，尝试着荡起来，但是她一个人使劲没有足够的冲力。这是个十八九岁的漂亮女孩，那种在街上遇到会让您顿生欲念、直到夜晚也不能平静、惹得您心痒难熬的女人。她个儿高高，身腰苗条，臀部宽阔，棕色的皮肤，大大的眼睛，黑黑的头发。连衣裙清晰地勾画出她肉体的丰满和结实，腰部用力荡秋千的时候，这一点就更加明显。她伸出胳膊握住头上的绳子，每一次往前冲，胸部都一动不动地向前挺着。一股风把她的帽子吹掉，落在她身后。秋千一次次慢慢地往前冲，每一次回来时都露出她膝盖以下的小腿；裙子一次次把风扇在两个看着她的男人的笑脸上，比葡萄酒的香味还要醉人。

杜福尔太太坐在另一个秋千上，一遍又一遍地哼唧着："西普里安，来推推我呀；来推推我呀，西普里安！"杜福尔先生终于走了过去，就像要干一件重活似的，卷起衬衫的袖子，费了九牛二虎之力总算把妻子运动起来。

她紧紧抓住绳子，为了不触地，把两条腿挺得笔直，享受着秋千一来一往让她有些飘飘然的感觉。她摇晃的身形像放在盘子里的肉冻一样不停地微微颤抖着。不过冲力越来越大，她开始晕眩得厉害，害怕起来了。秋千每一次落下来，她就发出一声尖叫,把当地的顽童们都引了来;在她的对面,花园的篱笆上面,她发现一群调皮的脑袋正做着各种各样的鬼脸闹着玩。

一个女招待走过来,他们订了午餐。

"一份油煎塞纳河鱼,一份烧兔肉,一份生菜和一份甜点。"杜福尔太太干脆利索地说。"再来两升啤酒,一瓶波尔多。"她丈夫说。"我们就在草地上吃。"年轻姑娘又加上一句。

祖母看到店家的猫,突然来了一股柔情,逗弄它有十分钟之久;她用了许多甜言蜜语跟它拉近乎,可惜徒劳无功。不过那个动物想必心里也因为这种关爱而受宠若惊,一直待在离这个女人的手很近,但是又不让她碰到的地方,静静地围着树转悠,或者在树上蹭几下,翘着尾巴,发出表示高兴的轻轻的呼噜声。

"瞧呀,"在场地里东张西望的黄头发年轻人突然叫喊,"这些船多好看啊!"众人都走过去,只见在一个木板棚子下面挂着两艘漂亮的多桨小艇,十分雅致,像奢华家具一样制作精良。它们并排儿陈列在那儿,就像两个秀气的大姑娘,身子长长的、窄窄的,闪闪发亮,让人不禁生出一种渴望:在温和美好的晚上或者在夏日明媚的清晨,驾着它在水上疾驰,沿着繁花似锦的河岸划行,岸边的树全都把枝子浸在水中，瑟瑟的芦苇永远在战栗，灵敏的翠鸟像蓝色闪电般惊起。

全家人都满怀敬意地欣赏着这两只小艇。"噢！确实很漂亮！"杜福尔先生郑重其事地学舌道，而且像行家里手一样详述起它们的好处。他还说自己年轻时也划船；他做着划桨的姿势，声称只要双桨在握，任何人都不在他的话下。他自诩从前在儒安维尔①划船比赛时战胜过一个英国人。他还用"dames"②这个词儿开玩笑；一般人们用这个词儿指固定船桨的支柱，他却说划船手若不带上他们的dames绝不出门。他高谈阔论，越说越起劲，甚至执拗地要拿一艘这样的船跟人打赌，说他不慌不忙一个小时就能划六法里。

女招待出现在客栈门口，说："饭准备好了。"他们连忙走过去。可是在杜福尔太太心里已经选中的最好的位置，已经有两个年轻人在吃饭。这想必就是那两艘小艇的主人了，因为他们都穿着划船手的服装。

这两个年轻人舒展地仰在，不，几乎是躺在几张椅子上。他们的脸被太阳晒得黝黑；上身只穿着一件薄薄的棉质白背

---

① 儒安维尔：巴黎东郊的一个市镇，今全称"桥畔儒安维尔"，位于法兰西岛大区马恩河谷省，马恩河穿过城中。
② 法语，意为"妇女""太太"，也指桨栓。

心,赤裸的臂膀肌肉像铁匠的臂膀一样发达。这是两个壮小伙子,看上去就活力充沛;他们每一个动作都显示出通过锻炼而富有弹性的肢体的优美,这和始终从事同样艰苦的劳动在工人身上引起的变形是那么不同。

一看到母亲,他们迅速交换了一个微笑;接着发现女儿,他们又交换了一个眼色。其中一个年轻人说:"咱们把位子让出来吧,这样,我们就可以互相认识了。"另一个人立刻站起来,手里拿着他的红黑两色相间的窄边软帽,颇有骑士风度地提出愿把唯一一个花园里太阳晒不到地方让给两位女士。她们连声道歉地接受了。为了多一些田园风味,一家人就安顿在没有桌子也没有椅子的草地上。

两个年轻男子把饭菜搬到离这家人几步远的地方,又接着吃起来。他们不停地炫耀着赤裸的胳膊,弄得年轻姑娘有点不自在,甚至故意扭过头去装作根本没发现;杜福尔太太胆子比较大,在女人的好奇心——也许是欲望的驱使下,时不时地向他们那边张望,大概还在遗憾地把他们和自己丈夫的难以启齿的丑陋做着比较。

她瘫坐在草地上,说是有蚂蚁钻进了她的什么地方,不停地扭动着身子。由于外人在场,而且对女人们表现得那么殷勤,杜福尔先生心里挺不痛快,想找个合适的位置,但是又找不到。黄头发的年轻人像吃人妖魔一样只顾狼吞虎咽。

"先生,天气真好啊。"胖太太对划船手中的一个说。由于他们让出了位子,她想表现得亲切一些。"是的,太太,"那个人回答,"您经常来乡下吗?"

"噢!只是一年来一两次,来呼吸呼吸新鲜空气;您呢,先生?"

"我每天晚上都来这儿睡觉。"

"啊!那一定很惬意吧?"

"是的,当然了,太太。"

于是他就叙述起自己每日的生活来,而且说得诗意盎然,把这些小市民心里对大自然愚蠢的爱说得震撼不已。这种渴望一年到头在铺子的柜台后面折磨着他们,因为他们连一片草地也没有，朝思暮想的就是能到乡下散散步。

那个年轻女孩被感动了，抬起眼睛凝视着这个划船手。杜福尔先生也第一次开口说话。"这也是一种生活。"他说。他接着问妻子："再来一点兔子肉，我亲爱的？"杜福尔太太回答："不了，谢谢，我的朋友。"

她又转向两个年轻人，指着他们的胳膊，问："你们这样从来不冷吗？"

两个划船手都笑了起来；他们大谈自己如何神奇地辛苦锻炼，如何大汗淋漓时跳水游泳，如何在夜雾中狂奔，吓得他们胆战心惊；他们猛捶着胸脯，让他们听能发出多么响亮的声音。"啊！看来你们确实很结实！"丈夫说。他不再提自己战胜英国人的那个时代。

年轻姑娘从一旁打量着他们。黄头发小伙子喝得昏天黑地，咳得很厉害，把女主人殷红色的绸连衣裙都弄脏了。她十分恼火，叫人赶快拿水来洗掉污迹。

这时，气温已经高得可怕。闪烁的河水像喷发着热浪的炉灶。葡萄酒的酒劲儿弄得人头晕目眩。

杜福尔先生已经把坎肩和裤子的纽扣全都解开，又打了一个猛嗝儿，震得身子都摇晃了。他的妻子憋得喘不过气来，也逐渐松开了连衣裙的搭扣。那个学徒的一边得意地摇晃着他的乱麻似的头发，一边大口大口地往嘴里灌着酒。老祖母已经感到自己要醉了，还硬挺着腰板，竭力保持着尊严。那个年轻姑娘倒没有什么特别的表现，只是她的眼睛隐约地闪着光，两颊的深褐色皮肤染上了更明显的红润。

一杯咖啡下肚，他们终于全都失了态。他们谈到唱歌，每个人都朗诵了一段歌词，博得其他人的疯狂喝彩。然后，众人好不容易站起身来，两个晕头转向的女人气喘吁吁，两个烂醉如泥的男人做起体操来。他们动作沉重，身子绵软，脸已经变成猩红色，笨拙地坠在吊环上，怎么也拉不上去；他们的衬衫时刻有从裤腰里撤出来、像旗子一样随风飘的危险。

这时，两个划船手已经把小艇放下水，又走回来，彬彬有礼地建议两位女士一起去河上散散心。

"杜福尔先生，你愿意吗？我求你啦！"妻子大声说。杜福尔先生满脸醉态地看了她一眼，并没有明白她的意思。这时，一个划船手拿着两根钓鱼竿走过来。钓鲂鱼是店铺老板们的最大理想，顿时点燃了杜福尔这个好好先生的阴郁的眼睛，现在要他做什么都可以；于是他在一座桥下的阴凉

地坐下，两只脚在河水上摆动着，紧挨着在他身边沉沉入睡的黄头发小伙子。

一个划船手自告奋勇，抓着母亲的手上了船。"到英国人岛的小树林去！"他一边欢呼，一边划远。

另一只小艇也缓缓地离去。它划得比较慢，因为划桨那个小伙子只顾着看他的女伴，别的什么也不想了；一股激情已经控制了他，瘫痪了他的活力。

年轻姑娘坐在舵手的椅子上，任随船儿在水上冉冉前行。她不再思想、肢体放松、听之任之，仿佛已经沉浸在多重的陶醉中。她呼吸急促，脸色绯红。在周围湍流的热浪包围中，她的醉意有增无减，让她头昏眼花，仿佛两岸的树木在她经过时都在向她弯腰致敬。一种朦胧的享受的需要，一种热血的骚动，传遍她被白昼的炽热激奋着的肉体；同时，在这被燃烧的天空变得人烟稀少的地方，和这个漂亮的年轻人在水上面对面，他的眼睛吻着她的皮肤，他的欲望像阳光一样渗入她的皮肤，她的头脑也乱了。

他们说不出话来，这更增加了他们内心的激动；他们只有四下里张望。最后，还是他鼓起勇气，问她叫什么名字。"昂利埃特。"她回答。"嗨！我呢，我叫昂利！"他接着说。

交谈的声音让他们平静了下来。他们对河岸产生了兴趣。另一只小艇已经停下，似乎在等他们。驾那只船的年轻人叫喊："我们待会儿到岛上的树林里跟你们会合；我们现在去罗宾逊①，因为太太渴了。"说完，他就俯下身划桨，迅速驶远，很快就不见踪影。

这当儿，一种刚才还只能隐约听到的持续的轰隆声刹那间接近了。河身好像都在颤抖，仿佛这低沉的声音是从河的深处升上来的。

---

① 罗宾逊：塞纳河上的一个小岛，今已不存。

"这是什么响声?"姑娘问。这是从岛的顶端把河道一截为二的水坝上流下的瀑布声。小伙子正费劲地解释着,这时,穿过瀑布的轰鸣远远传来鸟的啼声,让他们大为惊异。"听,"他说,"夜莺在白天歌唱,这就是说雌鸟在孵卵。"

夜莺叫!她还从没有听见过。听听夜莺叫,这想法在她的心里唤起一个富有诗意的幻象。夜莺!这是朱丽叶[①]在阳台上与情郎幽会时借助的不露面的见证,这是为凡人亲吻伴奏的天上的乐音,这是所有伤感的浪漫故事的永恒的灵感;正是这些浪漫故事,往往为柔弱的姑娘们的可怜的小心打开脱离现实的理想!

她要去听听这夜莺叫。

"咱们别弄出响声,"她的同伴说,"我们可以划到小岛下船,走进树林,坐到它旁边听。"

小艇犹如在滑行。岛上的树露出来了。河岸那么低,一眼就能望到浓密的矮树林的深处。他们把船停下,系好。昂利埃特倚在昂利的胳膊上,两人在树枝间穿行。"把腰弯下。"

---

① 朱丽叶:英国剧作家和诗人威廉·莎士比亚(1564—1616)名剧《罗密欧与朱丽叶》的女主人公。和罗密欧幽会的朱丽叶,为了挽留罗密欧,坚称是夜莺在叫,而不是云雀报晓。

他说。她弯下腰。然后，他们就钻进一个藤本植物、树叶和芦苇蔓生的地方，一个只有认得路才能找到的藏身处，小伙子笑着称这儿是他的"包间"。

正好在他们头顶上，在掩护着他们的那棵树上，栖息着一只鸟儿，仍然在引吭高歌。它先发出一些颤音和滚动的装饰音，接着发出一些长长的震耳欲聋的强音；这强音刺破重压在田野上的火热的寂静，沿着河流传开，翱翔在平原上，响彻天空，反复回响着消失在天际。

他们怕把鸟儿惊飞，所以一声不吭。他们紧挨着坐着。昂利的胳膊慢慢地搂住昂利埃特的腰，轻轻地搂紧。她没有生气，而是握住这只大胆的手，他一把它伸近就把它拨开。不过她对这种抚摸并没有表现出任何困惑，就好像这是一件自然的事，和她推开它一样自然。

她听着那鸟儿歌唱，听得心醉神迷。她无限向往幸福；她感到突如其来的柔情穿过她的身心；她仿佛领略到超人的诗意的启示；她的神经和心灵是那么感动，不知为什么哭起来。现在那个小伙子把她紧紧搂在怀里，她不再把他推开，也没有想把推开他。

夜莺突然安静下来。一个远远的声音在喊她："昂利埃特！"

"别回答，"小伙子低声说，"您会把鸟吓飞的。"

她也不怎么想回答。

他们这样待了一会儿。杜福尔太太大概已经在什么地方坐下，因为人们时不时地隐约听见这位胖太太微弱的叫声，想必另一个划船手正在戏弄她。

柔情蜜意渗透了年轻姑娘的心灵，她一直在哭，感到皮肤发烫，浑身莫名其

妙地燥痒。昂利把头俯在她的肩膀上。他突然向她的嘴唇吻去，她愤怒地反抗。为了躲避他，她仰面躺倒；但是他扑到她的身上，整个身体压住她。他久久地试图亲吻这个躲着他的嘴；最后吻到了，便把自己的嘴紧紧地贴在上面。她忽然生出一股可怕的欲望，把他紧搂在自己的胸脯上，把嘴唇伸给他。她的整个抵抗就像被过重的分量压碎了似的瓦解了。

周围万籁俱静。那鸟儿又叫起来。它先发出三个像在召唤爱情的尖锐的音符；接着，沉默了一会儿以后，它又开始用减弱了的声音发出缓慢抑扬的歌吟。

一股柔软的微风拂过，掀起一阵树叶的窸窣。树枝深处传出两声热烈的呻吟，汇入夜莺的歌声和树林的轻微响声。

那鸟儿越来越陶醉，它的啼声逐渐加速，就像燃着的大火和增长的激情，仿佛在为树下啧啧的接吻声伴奏。接着，它的歌喉疯狂绽放，到了声嘶力竭的程度。它时而在一个音符上久久昏厥，时而在悦耳的旋律中强烈痉挛。

它有时稍歇片刻，只发出两三个细长的轻声，忽地以一个特别尖锐的音符结束。它有时由一个热烈的连续音开始，夹杂着喷涌的音阶以及颤音、跳音，就像一首疯狂的爱情之歌，以胜利的呐喊结束。

但是那鸟儿忽地静下来，倾听着下面发出的呻吟，这呻吟是那么深沉，就像是一颗心灵的诀别。这声音延长了一会儿，最后变成啜泣。

离开这绿色的床铺时，他们俩都脸色苍白。蓝天在他们心中黯然失色；炽烈的骄阳在他们眼里已经熄灭；他们发现的是孤独和寂寞。他们并排快步走着，既不交谈，也不接触，因为他们似乎已经变成不可调和的敌人，仿佛一种反感在他们的躯体之间，一种仇恨在他们的头脑之间高高垒起。

昂利埃特频频地呼喊着："妈妈！"

一片荆棘下面传出一阵嘈杂。昂利似乎看到了一个白色的裙子迅速落到粗大的腿肚上。胖太太出现了；她有点儿难为情，脸红得更厉害了，眼睛闪亮，胸脯剧烈起伏，也许是和她的同伴挨得太近了吧。她的同伴想必看到了一些十分有趣的东西，因为他的脸上一次次露出忍不住的笑容。

杜福尔太太温情脉脉地握住他的胳膊，几个人又上了船。昂利在前面一直默默无语地划着，和年轻姑娘一起肩并着肩；他似乎听到后面传来一个压低了的长吻声。

他们终于回到波宗。

杜福尔先生的醉意已经醒了，正等得不耐烦。黄头发小伙子在离开客栈前又再吃点东西。马车已经在院子里套好，老祖母已经上了车；她有些发愁，因为巴黎郊区不安全，她怕半夜还在荒野上。

人们互相握手道过别，杜福尔一家就动身了。"再见！"划船手们高喊。回答他们的是一声叹息和一滴泪水。

两个月以后，昂利路过殉道者街，在门楣上读道："杜福尔五金店"。

他走进去。

越来越发福的胖太太正在柜台后面。他们立刻彼此认了出来。说了许多客套话以后，昂利问："昂利埃特小姐怎么样？"

"很好，谢谢，她结婚了。"

"噢！"

他心里为之一震。

"哦……跟谁？"

"跟那天陪我们去的那个年轻人，您知道的；是他接手了。"

"哦！好极了。"

他走了,也不太知道为什么,心情非常懊丧。可是杜福尔太太叫住了他。

"您的朋友怎么样?"她腼腆地问。

"他很好。"

"替我们问候他好吗?跟他说,哪天路过,请他来看看我们……"

她羞红了脸,接着说:"请您告诉他,他来我会很高兴。"

"我不会忘的。再见。"

"不……很快见。"

第二年,一个天气炎热的星期日,昂利从来没有淡忘的那桩艳遇的所有细节,突然又回到他的脑海,那么清晰,那么令人向往,他独自一人又回到他们在树林里的那个"包间"。

他走进去,一下子惊呆了。她在那儿,坐在草地上,神情忧伤;而在她的旁边,是她的从来不穿外套的丈夫。那个黄头发年轻人正像头懒猪一样酣睡。

看见昂利,她的脸色变得那么苍白,他简直以为她要虚脱了。接着,他们便神情自若地聊起来,就像他们之间从未发生过任何事一样。

不过,听他说他非常喜欢这个地方,星期日经常来这里休息,重温过去的记忆;她久久地看着他,并且说:

"我呢,我每天晚上都想着这里。"

"走吧,婆娘,"她的丈夫打着哈欠接着说,"我看是回去的时候了。"

春天里*

* 本篇首次发表于一八八一年维克多·阿瓦尔出版社出版的莫泊桑小说集《泰利埃公馆》。

当明媚的春日乍到，大地苏醒，绿上枝头；当空气芬芳的柔意轻抚我们的皮肤，沁入我们的胸膛，仿佛渗入我们的心房，我们会油然生出对无限幸福的隐约渴望，生出奔跑、信步走走、寻找奇遇、畅饮美好春天的欲望。

去年冬天特别严寒，所以进入五月，这心花绽放的需要，犹如侵入我身心的醉意，就像漫溢的活力一样高涨。

就这样，一天早上醒来，透过窗户，我发现在邻居的房屋上方，天空就像被烈日燃烧的巨大的蓝色桌布。挂在窗口的金丝雀在大声叫；女佣们在每层楼里歌唱；街道上升起欢乐的喧哗。于是我走出去，兴高采烈，也不知道去哪儿。

遇到的人都满面春风；在回归的春天的和煦的阳光里，到处飘荡着幸福的气息。就好像城市上空播撒着爱情之风，穿着晨装经过的少妇们眼里都含着掩不住的柔情，步态里都带着更柔弱的风雅，让我也心潮翻腾。

不知道怎么回事，不知道为什么，我来到塞纳河边。几艘汽轮正向苏莱纳迅速驶去，我突然来了一股强烈的欲望，要到树林里去奔跑。

苍蝇船的甲板上黑压压的满是旅客，因为初升的太阳把您从住处拉了出来，不管您愿意不愿意；所有的人都在走动，熙来攘往，或者和旁边的人交谈。

坐在我旁边的是个女子；大概是个小女工，带着巴黎人特有的优雅，一个金黄色头发的可爱的小脑袋，几缕卷发搭在鬓角，那头发又像是曲线条的光，垂到耳边，进而到颈背，随风飘舞；接着，再稍稍往下，变成非常纤细、非常轻盈、像金子一样的黄色，几乎看不见，但是却让人禁不住要在那里吻了再吻。

由于我一直注视她，她向我转过脸来，然后又突然低下眼睛，同时就像准备要微笑一样，一道轻轻的皱纹把嘴角稍稍一拉，浮现出被阳光镀上淡淡金色的丝绸般纤细的汗毛。

静静的河流逐渐变宽,温馨的空气里弥漫着一片祥和,空间充满了生命的低语。我身边的这个女人抬起了眼睛。这一次,因为我仍然看着她,她毅然地向我微微一笑。她显得那么可爱,在她迅速躲开的目光里我发现了无数的东西,无数在这以前我没有见到的东西。我在里面看到了从未知晓的深度,柔情的全部魅力,我们梦想的全部诗意,我们无休止地寻觅的全部幸福。我突然萌生一种疯狂的欲望,要张开双臂,把她带到什么地方去,在她的耳边低声倾诉我如歌般甜美的爱的心声。

我正要开口和她搭话,有人拍了一下我的肩膀。我吃了一惊,回过头去,发现一个既不年轻也不年老、外表平平的男子,神情忧郁地看着我。

"我想跟您谈谈。"他说。

我做了一个奇怪的表情；他想必看到了，因为他又补充道：

"这很重要。"

我便站起来，跟着他走到船的另一头。

"先生，"他又说，"当冬天带着严寒、雨和雪临近的时候，您的医生会对您说：'脚要保暖，别着凉感冒，别患支气管炎、胸膜炎。'于是您千小心万小心，穿上法兰绒的衣服，加上厚厚的大衣，套上重重的皮靴。这也不能永远保证您不在床上躺两个月。但是，当春天带着绿叶红花回来，暖暖的微风吹得您萎靡不振，田园的气息让您感到隐约的迷乱和无缘无故的心动，却没有任何人对您说：'先生，当心爱情！它到处埋伏着；它在各个角落里窥伺着您；它已经设下各种圈套，磨利所有的武器，准备好一切诡计！当心爱情！……当心爱情啊！它比感冒、支气管炎、胸膜炎更危险！它不会放过任何人，它会让所有人都做出不可弥补的蠢事。'是的，先生，我要说每年政府都应该在墙上张贴大幅的告示，上面写着：'春天回来了。法国公民们，当心爱情！'就像人们在房屋的门上写着'当心油漆！'一样。那么好吧，既然政府不这么做，我就代替它做，我要对您说：

'当心爱情！它正在钓您上钩,我有义务提醒您,就像在俄国,人们提醒一个行人他的鼻子有冻坏的危险一样。'"

面对这个异乎寻常的人物,我目瞪口呆。不过我还是摆出一副严肃的样子说:"总之,先生,在我看来您似乎是在多管闲事。"

他做了个不以为然的动作,回答:"噢!先生!先生!如果我发现一个人就要在一个危险的地方溺水,难道应该见死不救吗?那么,请听听我的故事,您就明白我为什么敢于这样对您说话了。"

*

那是去年,也是在这同样的季节。我首先要告诉您,先生,我是海军部的职员,我们那里的头儿们,那些军需官们,对他们的文职军衔还是挺当真的,拿我们像甲板上升帆的水手一样对待。——唉!要是所有的头儿都是平民百姓该多好!——不过我不说这个了。——且说那一天,我从我的办公室远远看着那一小块燕子飞来飞去的湛蓝的天空,不断生出要在我的黑色文件盒中间跳舞的欲望。

我对自由的渴望变得那么强烈，我去找了我的猢狲上司，尽管我对他十分反感。这是一个身材瘦小、总爱发脾气的执拗的人。我说我病了。他盯着我的脸看了一会儿，大声说："我根本就不相信，先生。不过，快走吧！您认为一个办公室有这样的职员能干好工作吗？"

于是我就溜之大吉，到了塞纳河。那天的天气像今天一样好，我乘苍蝇船去圣克鲁①兜一圈。

啊！先生，如果我的头儿不准我休假该多好！

在太阳下，我就像膨胀了一样。我爱一切：船，河流，树木，房屋，身旁的人，一切。我真希望拥抱什么东西，不管是什么。其实，那是爱情在准备它的陷阱。

突然，在特洛卡代罗宫②码头，一个年轻姑娘手里拎着一个小袋子上了船，在我对面坐下。

是的，先生，她很漂亮；不过令人惊讶的是，在初

---

① 圣克鲁：巴黎西面塞纳河畔的一个城市，今属法兰西岛大区上塞纳省。
② 特洛卡代罗宫：为一八七八年巴黎世界博览会而建的庞大建筑，兼具摩尔和拜占庭风格，两侧各有一个塔楼；一九三五年为迎接一九三七年巴黎世界博览会而拆除。

春风和日丽的日子里，女人们看上去总是更美一些：她们有一种格外醉人的味道，一种胜似往常的魅力，一种我也说不清的非常特别的东西。那绝对是您嚼了干酪以后饮的一口葡萄美酒。

我看着她，她也看着我——不过只是偶尔看我一眼，就像刚才您旁边的那个女人一样。最后，互相看得多了，我感到好像我们彼此已经相当熟悉，可以说说话了，我就对她说起话来。她也回答。完全可以说，她非常可爱。我亲爱的先生，她简直让我陶醉！

到圣克鲁，她下了船——我跟她一起下了船。她是去送一单货。她回来的时候，游船刚刚开走。我在她身旁走着；空气温馨，我们两人都不时发出一声叹息。

"树林里的空气一定更新鲜。"我对她说。

她回答:"噢!肯定的!"

"我们去树林里走走好吗,小姐?"

她迅速地扫了我一眼,似乎在估量我究竟有多大的价值。她犹豫了片刻,同意了。于是我们就肩并肩在树林里漫步了。树叶还有些细嫩。又高又密的青草淹没在阳光里,像涂了清漆一样绿得闪亮。比比皆是的小动物也在互相示爱。到处都听得见鸟的歌声。我的女伴被田野的空气和气息陶醉了,连蹦带跳地奔跑起来。我也像她一样跳着跑着。人有时很愚蠢,是不是,先生?

然后,她又发了疯似的胡乱唱了许多歌,有歌剧里的歌曲，也有缪赛特①的小曲！缪赛特的小曲！那时，在我看来她是多么富有诗意！……我几乎都要哭了。唉！就是诸如此类的无聊玩意儿弄乱了我们的头脑！请听我的劝告，永远不要爱上一个在田野里唱歌的女人，特别是唱缪赛特的小曲的女人！

她很快就累了，坐在一片绿色的斜坡上。我呢，我坐在她的脚边，握着她的双手。她那双布满针眼的小手让我十分感动。我在心里对自己说："这都是劳动的神圣标志。"——啊！先生，先生，您知道劳动的神圣标志，这意味着什么吗？它们意味着工场里的所有胡说八道，低声嘀咕的淫词秽语，被说出的下流话玷污的头脑，丧失的贞洁，一切喋喋不休的蠢话，各种日常习惯的苦难，以及平庸女子特有的狭隘的思想，而正是这些思想，至高无上地盘踞在手指尖带着劳动的神圣标志的女人的心里。

---

① 缪赛特：作家昂利·缪尔瑞（1822—1861）最早以连载的方式发表了《穷艺术家的生活场景》；后来他和泰奥多尔·巴利埃尔把它改编成话剧《穷艺术家的生活》；普契尼又据此创作了歌剧《波西米亚人》。缪赛特是这些作品中的人物，是一个追求浮华、喜欢寻欢作乐而又性格率直的姑娘。

接着,我们又久久地互相看着。

噢!这个女人的眼睛是多么威力强大!它轻而易举地就能搅乱、深入、占据和主宰男人的心灵!它看来莫测高深,充满了无限的许诺!人们把这叫作心灵对视!噢!先生,这是多么荒唐的玩笑!要是能看到心灵,人们就会聪明些了。见鬼去吧。

总之,我热情冲动,疯狂了。我想把她搂在怀里。她对我说:"放下爪子!"

于是我跪在她身边,大敞心扉;我倚在她的膝头倾诉堵在我心口的所有柔情。她对我的态度的变化好像有些意外,斜着眼睛看了我一下,好像在对我说:"哈!就是这样耍弄你,我的傻瓜;行,咱们走着瞧。"

在爱情上,先生,我们永远是天真的,而女人们总是像商人一样精明。

也许我当时就可以占有他;我后来也意识到自己的愚蠢,不过我寻求的不是肉体,而是爱情、理想。所以当我应该更好地利用我的时间的时候,我却在动感情。

她听腻了我的表白,便站起来;我们又来到圣克鲁。到了巴黎我才离开她。回来的路上,她的样子是那么闷闷不乐，我不禁问她怎么了。她回答："我在想，这样的日子在人的一生中真是不可多得。"我的心跳得那么厉害，几乎要冲破胸膛。

下个星期日我又和她见面，然后是再下一个星期日，接着是以后每个星期日。我带她去了布吉瓦尔①、圣日耳曼、梅松-拉斐特②、普阿西③，城郊所有适合谈情说爱的地方。

这个小荡妇呢，她装作激情满怀糊弄我。

我终于完全昏了头，三个月以后，我娶了她。

您要我怎么办呢？我是个职员，孤零零一个人，没有家，没有个可商量的人。我心想有了一个女人生活会变得甜蜜！于是我娶了这个女人！

可是她从早到晚辱骂您，什么也不懂，什么也不知道，没完没了地唠里唠叨，扯着嗓子唱缪赛特的小曲，噢！缪赛特的小曲，多么乏味的陈腔滥调！她跟

---

① 布吉瓦尔：巴黎西面塞纳河畔的一个市镇，今属法兰西岛大区伊夫林省。
② 梅松-拉斐特：巴黎西面塞纳河畔的一个市镇，今属法兰西岛大区伊夫林省。
③ 普阿西：巴黎西面塞纳河畔的一个市镇，今属法兰西岛大区伊夫林省。

木炭商吵架,把夫妻间的琐事告诉看门人,把床笫的秘密透露给邻居家的保姆,在供货商面前中伤她的丈夫;她满脑子怪诞的故事、愚昧的信仰、可笑的见解、匪夷所思的偏见;先生,每次我和她谈话,我都失望得哭了。

*

他住口了;他那么激动,已经有点气喘吁吁。我看着他,

对这个天真得可怜的家伙顿生怜悯之情。我正要回答他一点什么,船停下了。我们到了圣克鲁。

刚才弄得我神魂颠倒的那个小女人站起来要下船了。她从我身边经过时带着不易觉察的微笑,那种让您发狂的微笑,瞟了我一眼;然后,她就跳上了浮桥。

我冲过去要跟她一起下去,但是我旁边的这个人抓住了我的袖子。我猛地脱了身;他又紧紧抓住我的常礼服的下摆,把我向后拉,一边反复说着:"您别去!您别去!"声音那么大,所有的人都朝我们回过头来。

我周围响起一片笑声。我一动不动地待在那儿;我十分恼火,但是又生怕成为笑柄、闹出丑闻。

船又开动了。

那个娇小的女人仍然站在浮桥上,带着失望的神情看着我远去。这个苦苦纠缠我的家伙搓着手,对着我的耳朵低声说:

"我刚才帮了您一个大忙。走吧!"

保尔的女人 *

* 本篇首次发表于一八八一年维克多·阿瓦尔出版社出版的莫泊桑小说集《泰利埃公馆》。

格利庸饭店，这划船爱好者的法伦斯泰尔①，慢慢地人去楼空。饭店门前有人叫喊，有人吆喝，一片嘈杂；个子高大的欢快的小伙子们，肩上扛着桨，身穿白背心，一边说话一边比画着。

穿着色彩鲜亮的春装的妇女们小心翼翼地登上小艇，坐在舵手的位置上，整理着她们的连衣裙；而饭店的主人，一个留着红棕色胡子的壮实的小伙子，出了名的大力士，一边维持着轻巧的小艇的平衡，一边把手伸给漂亮的姑娘们，扶她们上船。

划船的小伙子们也进入他们的位置，个个赤裸着臂膀，

---

① 法伦斯泰尔：法国空想社会主义者夏尔·傅立叶（1772—1837）设想的社会基层组织的成员共同生活和工作的地方。

挺着胸膛,向观众们摆着雄姿。观众是些穿着假日服装的小市民、工人和士兵,他们把胳膊拄在桥栏杆上,聚精会神地看着这个场面。

小船一艘接一艘离开浮桥。划船手们身子向前一俯,然后往后一仰,有规律地划着桨;小艇在微微弯曲的长长的船桨的推动下在河上滑行,顺水向下游的"蛙泽"①驶去,渐行渐远,越来越小,最后消失在另一座桥——一座铁路桥的下面。

---

① "蛙泽":在塞纳河右岸的克鲁瓦西镇和克鲁瓦西岛之间的一个集划船运动、游泳、餐饮和舞会于一体的场所,顾客以周末和假期来休闲的巴黎小市民为主,十九世纪七八十年代达到鼎盛。

只剩下一对青年男女了。男的几乎还没有长胡子，个子瘦高，脸色白皙，搂着他的情人的腰；女的是个瘦小的褐色头发的姑娘，走起路来像蚱蜢一样一跳一跳的；他们不时地互相深情地看一眼。

饭店主人喊道："喂，保尔先生，快一点呀。"他们才走了过去。

在这家饭店的所有顾客里，保尔先生是最受喜爱、最受尊敬的。他出手大方，从不拖欠，而其他的人总要让人揪着耳朵一催再催，要不就是付不起钱，一走了之。另外，他也是这家饭店的活广告，因为他的父亲是众议员。如果有一个外人问："那个年轻人是谁呀，跟他的小情人那么亲热？"一个熟客会郑重而且神秘地低声回答："那是保尔·巴隆，您知道吗？ 一个众议员的儿子。"同时总会有另一个人情不自禁地说："可怜的家伙！ 他已经被完全迷住了。"

格利庸的老板娘是个爽直的女人，做买卖很在行，她叫这个年轻人和他的小情人"我的两个宝贝"，这桩对她的生意有利的爱情似乎让她非常感动。

这对年轻人慢步走来；"玛德莱娜"号小艇已经准备停当；可是，就在要登船的时候，他们又互相拥吻了一下，引起桥上看热闹的人一片笑声。保尔先生拿起双桨,也出发去"蛙泽"。

他们到达的时候,已经将近三点钟了,偌大的水上咖啡馆挤满了人。

这是个巨大的浮筏,搭着一个涂了焦油的顶棚,由木桩支撑着,通过两个跳板和景色宜人的克鲁瓦西①岛相连,其中的一个跳板一直通到这水上咖啡馆的中心,另一个跳板在浮筏的顶端,和一个很小很小的小岛连通。那个小岛的雅号叫"花盆",岛上只种着一棵树;从那里可以

---

① 克鲁瓦西:巴黎西郊塞纳河右岸的一个市镇,今称塞纳河畔克鲁瓦西,属法兰西岛大区伊夫林省。

走到浴场办公室旁边的陆地。

保尔先生把小艇系在浮筏旁边,翻过咖啡馆的栏杆,然后握住他的情人的手,把她拉上来,两人便在一张桌子的一头面对面坐下。

河对岸的纤道上排列着一长溜车马。出租马车和花花公子们的精致马车相映成趣:出租马车很笨重,庞大的车厢能压断弹簧,套着一匹低垂着脖子、磕破了膝盖的劣马;另一些车子很轻巧,秀气的车身架在单薄的轮子上,马挺着细长的腿,扬着脖子,嚼口上挂着雪白的唾沫,车夫都一本正经地穿着号服,脑袋僵硬地从高大的领口露出来,腰板不带一点弯曲,鞭子横在膝盖上。

河岸上黑压压全是人,有的携家带眷,有的三五成群,有的成双作对,有的单个儿一人。他们拽着青草,一直下到河边,然后又回到大路上。所有人都来到同一个地方停下,等候摆渡的人。沉重的小渡船周而复始地从河的这一边渡到另一边,把旅客送到岛上。

这座浮筏咖啡馆朝着的那个河汊(人们叫它"死河汊"),水流得非常缓慢,就像在沉睡。一群群多桨小快艇、单人小快艇、赛艇、双体滑板、轻型小艇……各种形式各种性质的小船，在几乎静止的水上疾驰，彼此交错、混杂、磕碰，胳膊用力一顶突然停下，肌肉猛地一紧又向前冲去，像长长的黄色或红色的鱼一样迅疾地滑行。

更多的船陆续到来：一些来自上游的沙图①，一些来自下游的布吉瓦尔；笑声，还有呼喊声、吆喝声和谩骂声，在河面上从一只船传向另一只船。划桨的男士们把他们晒成褐色的凸起的二头肌暴露在炎炎烈日下；女舵手们的红色、绿色、蓝色和黄色的绸阳伞，像奇异的花朵，游动的花朵，在船尾盛开。

七月的骄阳在天空燃烧；空气仿佛充满了热烈的欢乐；没有一丝战栗的微风，柳树和杨树的叶子纹丝不动。

正面，那回避不了的瓦雷里安山②，在强烈的阳光里展开它筑有层层工事的斜坡；右面，是美不胜收的卢沃谢纳③山丘，它顺着河道转弯，形成一个半圆，透过一个个大花园

---

① 沙图：巴黎西郊塞纳河右岸的一个市镇，今属法兰西岛大区伊夫林省，与克鲁瓦西毗连，在克鲁瓦西的上游。
② 瓦雷里安山：巴黎西郊的一座山丘，高约一百六十一米，十九世纪四十年代在山坡上修建了防御工事，以保卫首都巴黎。
③ 卢沃谢纳：巴黎西郊的一个市镇，今属法兰西岛大区伊夫林省。

浓而密的绿荫，间或露出乡村别墅的白色围墙。

"蛙泽"附近，参天大树把小岛的这个角落变成世上最有风味的公园。一些散步者悠然地在树下徜徉。一些妇女和姑娘，黄黄的头发，乳房过分地突出，臀部夸张地肥大，脂粉浓重得像抹了石膏，眼睛是用木炭画的，嘴唇血红血红的，身子紧箍在怪诞的连衣裙里，在翠绿的草地上显摆着她们品位低劣的扎眼的装束。在她们旁边，一些小伙子穿着时髦的奇装异服，戴着浅色手套，蹬着涂了清漆的靴子，拿着像绳子般细的手杖，架着让他们的微笑显得更傻气的单片眼镜。

小岛恰好在"蛙泽"咖啡馆那儿像瓶颈一样收缩；岛的另一边，也有一艘渡船不断地把克鲁瓦西镇的游人运过来。流水迅疾的主河汊上布满了漩涡、逆流、浮渣，像湍流一样气势磅礴。驻扎在对岸的一小支身穿炮兵服的架桥兵，在一根长长的梁木上坐成一溜儿，看着河水流淌。

漂浮的咖啡馆里是一片疯狂喧闹的嘈杂。木质的桌子周围的人都喝得半醉，桌子上满是还剩下一半酒的杯子，倾洒的饮料在桌面上流成一道道黏糊糊的小溪。所有的人都在呐喊、高唱、嚎叫。男人们把帽子推到后脑勺上，面孔通红，眼睛发着醉汉的闪光，在粗野人天生爱吵闹的需要驱使下，又是狂吼，又是躁动。女人们在为这个晚上寻找猎物，等着让人为她们付酒钱。在桌子之间的空当里，一帮爱起哄的划船手和他们穿法兰绒短裙的女伴的声势，压倒了本地的普通顾客。

他们中的一个人在钢琴上疯狂地弹奏，几乎在手舞足蹈。四对男女在蹦跳着四对舞。几个风度翩翩、衣着得体的年轻人在一旁看着他们；若不是偶尔不由自主地露出些毛病，倒像是规矩人。

在这里，满鼻子闻到的是世界上所有的渣滓，巴黎社会所有貌似高雅的污秽，所有腐败的大杂烩：时新百货店的职员、蹩脚的喜剧演员、平庸的记者、财产被代管的绅士、行为不轨的小额证券交易人、劣迹斑斑的浪荡子、生活糜烂的老色鬼；在这里，聚集着所有名气不大、前途莫测、不受欢迎、名声不佳的下流违法的可疑分子：骗子、扒手、给女人拉皮条的、有手腕的冒险家。这些人又都是做出一副虚张声势的模样，似乎在说："谁把我当恶棍，我就要他的命。"

这里渗出的是愚蠢，散发的是低级场所的无赖和风骚的臭味。不论是男人和女人，在这里全都一样。这里飘浮着情欲的恶臭。为了维护败坏了的名声，这里的人一言不合就决斗；而付诸利剑和枪弹，他们的名声只会更加一败涂地。

附近的一些居民每个星期日都来这里看热闹；一些年轻人，很年轻的人，每年都在这里出现，学习怎样生活。一些游人来这里闲逛；几个幼稚无知者在这里迷失方向。

人们称这地方为"蛙泽"是有道理的。在饮酒喝咖啡的带篷浮筏附近，紧挨着"花盆"，是游泳的地方。女人当中乳房足够大的，都来这儿显摆她们赤裸的肉体，招徕顾客。别的女人则嗤之以鼻；尽管她们也填了棉花，支了弹簧，这儿变一变，那儿垫一垫，但是看着她们的姐妹在水里扑打，仍然满眼轻蔑。

在一个小平台上，游泳的男士们你拥我挤，抢着把头扎进水里。他们有的高得像木桩，有的圆得像南瓜，有的干瘪得像橄榄树枝；根据肚子的大小，有的身子向前弯，有的身子向后仰，但都无一例外地丑陋，跳到河里时把水一直溅到在浮筏里喝咖啡的人。

尽管有参天大树遮蔽，又紧靠河水，这地方还是热得让人透不过气来。洒的液汁发出的气味，混杂着人体的气味和渗进色情女商贩的皮肤、在这熔炉里弥漫的强烈香水气味。不但如此，在这不同的气味里还飘浮着轻微的、时隐时现但总能闻到的搽面香粉的味儿，就好像有一只隐藏的手在空中摇晃着一个看不见的粉扑。

重头戏在水上，河面上来往穿梭的小船吸引着人们的眼球。掌舵的女士们舒展地仰坐在她们的扶手椅里，面对着臂力强劲的男伴，轻蔑地看着那些在岛上游荡、寻一顿晚饭吃的女人。

时而有一支船队全速冲过，已经上岸的朋友们发出一阵欢呼，所有观众都像发狂了似的吼叫起来。

在沙图附近，河道转弯的地方，不断出现一些新来的船。它们越来越近，越来越大，已经认得出船上人的面孔了，于是发出另一波狂吼。

一艘带篷的小艇载着四个女人缓缓地顺流而下。划桨的是个小个子女人，干瘦，憔悴，穿着少年见习水手服，头发隆起，戴着一顶漆布帽。在她对面，一

个淡黄色头发的胖女人,叼着雪茄,着装像个男人,穿一件白色法兰绒外衣,仰面躺在船底,两条腿跷起来搭在女桨手坐的长凳两旁,每当那个小水手用力划桨,船身摇晃,她的胸脯和肚子就被震得抖动一下。船尾帐篷下面坐着两个身材高挑的漂亮女孩,一个头发是棕色的,另一个头发是金黄色的,互相搂抱着,还不停地看着她们的同伴。

从"蛙泽"发出一声叫喊:"瞧,莱斯波斯!"突然,掀起一阵狂风似的喧声,人们你推我搡,玻璃杯纷纷跌落到地上,有人爬上桌子;在一片杂乱的声响中,所有人都在吼叫:"莱斯波斯! 莱斯波斯! 莱斯波斯!"喊声像滚动的雷鸣,不再分得清,只听到一片震耳欲聋的嗷叫;接着,这嗷叫声又仿佛突然再次蹿升,冲上高空,覆盖平原,充斥茫茫的树林,铺展向遥远的山丘,一直向太阳奔去。

在这片欢呼声面前,那个见习水手静静地停下手中的桨。躺在船底的淡黄色头发的胖女子用胳膊肘撑起身子,懒洋洋地扭过头去;船尾的两个漂亮姑娘笑着向人群招手致意。

这时候吼叫声愈演愈烈,连水上咖啡馆都颤动了。男人们举起帽子,女人们挥舞手帕,所有的声音,不管是尖厉的还是浑厚的,一起叫喊:"莱斯波斯!"就好像这个部族,

这个腐败堕落者的群体，在向自己的首领致敬；就好像一位海军上将经过时舰队礼炮齐鸣。

河上为数众多的船只也都向这几个女人的小艇欢呼致意。然后，这小艇便缓缓启动，划向稍远的地方去停靠。

和其他人相反，保尔先生从口袋里掏出一把钥匙当作哨子，使出全身的力气吹起来。他的情人紧张得脸色煞白，生气地看着他，抓住他的胳膊让他别吹了。但是保尔已经怒不可遏，就像被一股男人的妒火，被一股深深的、本能的、狂乱的愤怒翻腾了起来似的。他气得嘴唇颤抖，结结巴巴地说：

"这很可耻！应该把她们脖子上拴着石头，像母狗一样淹死。"

但是玛德莱娜突然火了。她的轻而尖细的嗓音变得像呼啸似的响亮；她就像在为自己的事情辩护似的，滔滔不绝地说：

"这关你什么事？她们难道没有做自己愿做的事的自由，既然她们一点也不欠任何人的？让我们安静些吧，别这么假正经，管你自己的事吧……"

不过他打断了她的话：

"可是这关警察的事，我到圣拉萨尔就让人把她们关进监狱！①"

她吓了一跳：

"你？"

"是的，我！我现在禁止你跟她们说话，听见了吗，我禁止你跟她们说话。"

她反倒顿时平静了下来，耸了耸肩膀，说：

"我的小宝贝，我爱怎么做就怎么做；如果你不乐意，你可以走，立刻就走。我不是你的妻子，对不对？那么，你就住口吧。"

他没有回答。他们面对面僵持着，嘴唇抽搐着，呼吸急促。

---

① 圣拉萨尔监狱：创立于十七世纪，位于巴黎第十区圣拉萨尔火车站附近，时为女子监狱，一九二七年最终关闭。

在木头搭的大咖啡馆的另一头,四个女人走进来。两个穿男人服装的走在前面,一个干瘦,两鬓已经发黄,像个未老先衰的小男孩;另一个,肥肉填满了白色法兰绒的衣服,臀部把肥大的裤子撑得鼓鼓的,像一只肥鹅,大腿肥硕,膝盖后缩,走路一摇一摆。两个朋友跟在她们后面。划船爱好者们纷纷走过去跟她们握手。

她们四个人在河边租了一个小木屋,就像两对夫妻似的在里面生活。

她们这种邪僻是公开的,堂而皇之的,摆在明面上的,因此人们谈起来就像谈论一件很自然的事情一样;这甚至为她们博得几分好感。人们只在私下里,用很低很低的声音传说着她们的一些离奇的故事,一些由女性的疯狂嫉妒引起的闹剧,以及一些有名气的女人、女演员对这河边小屋的秘密造访。

不过,一个邻居被这些耸人听闻的传言激怒了,报告了宪兵队。宪兵队长带着一个人来做了个调查。这趟差事很微妙;因为总体而言,这些女人无可指责,她们的行为和卖淫根本不是一回事。宪兵队长大惑不解,甚至闹不清所怀疑的这种不法行为属于什么性质,随便问了问就做了个结论"清白"的洋洋大观的报告。

这桩事直到圣日耳曼都传为笑谈。

她们像王后一般不慌不忙地穿过"蛙泽"咖啡馆。看来她们颇以自己享有的名望而骄傲,颇以自己受到的注目为荣幸,自觉着比这帮群氓、这伙贱民、这些芸芸众生高出一等。

玛德莱娜和保尔看着她们走过来,姑娘的眼里燃烧着火花。

前面的两个女子走到桌子一头的时候,玛德莱娜喊道:"波丽娜!"胖女子一只手挽着女见习水手的胳膊,停下脚步,转过身来。

"啊!玛德莱娜……来跟我说说话,亲爱的。"

保尔用手指掐了一下他的女友的手腕,但是她那个神情在说:"你知道的,我的小宝贝,你可以走。"他只好闭嘴,一个人留下。

于是,她们三个人站在那儿说起悄悄话来。她们的嘴角频频露出开心的快意;她们叽里呱啦说得很快;波丽娜时而带着揶揄和嘲弄的微笑瞅一眼保尔。

保尔终于忍不住了,霍地站起来,浑身颤抖着,一个箭步冲到玛德莱娜身边,抓住玛德莱娜的肩膀,说:"你来,我要你来，我不准你跟这些贱女人说话。"

但是波丽娜提高了嗓门，用粗俗女人惯用的那套脏话对他破口大骂。周围的人都很开心，纷纷围拢来；有的人为了看得清楚些，还踮起脚尖。他被像倾盆大雨般的污泥似的连篇脏话骂得目瞪口呆；他觉得从她嘴里喷出来落在他身上的这些词儿像垃圾一样玷污着他；面对即将爆发的丑闻，他退却了，往回走了几步，胳膊肘拄在临河的栏杆上，把脊背对着三个大获全胜的女人。

他待在那里，看着河水，有时用一个哆哆嗦嗦的手指迅速一抹，擦掉正在眼角形成的一粒泪珠，就像要把它拉出来似的。

因为，不知道为什么，尽管他生性柔和，尽管他行事理智，尽管连他的意志都在反对，他爱她已经到了发狂的程度。他落入这情网，就像有人掉进泥坑里一样。他从来是个情感细腻的人，曾经梦想能有一些理想的、热烈动人的美妙私情；而现在这个蝗虫般瘦小的女人，像所有的女孩一样愚蠢，愚蠢得让人恼怒，甚至不漂亮，又瘦又爱发脾气的小女人，却抓住了他，降伏了他，从头到脚、从肉体到心灵占有了他。他现在受着女性的神秘而又无比强大的魅惑。这陌生的力量，这不知哪儿来的肉欲的恶魔的奇异统治，能把最理智的人抛到随便什么样的女孩的脚下，尽管她身上没有任何东西能够解释她何以具有这不可避免而又至高无上的能力。

他感觉到在那儿，在他背后，她们正在策划一桩卑鄙的勾当。她们的笑声刺得他心痛。怎么办？他知道该怎么办，但是他不能这么做。

他目不转睛地看着对面河岸上一个纹丝不动的钓鱼人。

突然，那人猛地从河水里提起一条银色的小鱼；那小鱼在钓线的一端挣扎着。接着，那人试图把鱼钩取出来；他拧它，转它，但是都不成功；他不耐烦了，索性往外拽，鱼的血淋淋的喉咙，连同一堆内脏，全都被拽出来。保尔打了个寒战，就好像自己的心也被撕裂了一样；他感到那鱼钩就好比他的爱情，要想拔除它，胸腔里的五脏六腑都会一股脑儿被拔出来，因为这些东西都被弯曲的铁钩子钩住，挂在他的内心深处，而握着这牵动鱼钩的线的就是玛德莱娜。

一只手搭在他的肩膀上，他吃了一惊，转过身去；他的情人站在他的身旁。他们没有说话；她像他一样，两只胳膊拄在栏杆上，眼睛注视着河水。

他寻思着说点什么，可他什么也想不出。他甚至搞不清

自己究竟怎么了；所有他的感受，就是感到她又回到自己身边的愉悦，以及自己的可耻的懦弱，一种什么都原谅、什么都容忍的需要，只要她不离开他。

过了几分钟，他终于用非常温柔的语气问她："我们走吧，船里会凉快些，好吗？"

她回答："好吧，我的猫咪。"

他握着她的手，扶着她，眼里还含着几滴泪珠，温情脉脉地帮她登上了小艇。她一直含笑地看着他，两人还再一次拥吻。

他们沿着河边缓缓地溯流而上。河岸垂柳依依，草儿青青，静静地沐浴在午后的温和里。

他们回到格利庸饭店的时候，刚刚六点钟；于是他们撇下小艇，登上小岛，顺着河边的高大杨树，穿越牧场，徒步往波宗方向走。

即将收割的大片大片的牧草中蔓生着各种各样的野花。夕阳在上面铺开橙黄色的光芒。白日将尽，在逐渐变得温和的热空气里，飘浮的草的气息加上河水潮湿的气息，融汇成柔和的雾气，让空气里浸透着恬适的懒意和轻松的快感。

一种微微心荡神摇的感觉来到内心深处，还有一种融合感，仿佛他与这傍晚的静谧光辉，与这广阔生活的隐约而又神秘的战栗，与这仿佛出自植物和物体、在这温柔沉思的时刻才让人感觉到的沁人肺腑、令人伤情的诗意已经融为一体。

他此刻正感受着这一切，但是她不理解。他们并肩走着。突然，她对沉默不语感到厌倦了，唱起歌来。她用刺耳走调的声音唱了支街头流行的东西，一段勉强记得的老调，这歌声突然撕破夜晚深邃宁静的和谐。

他看了她一眼，他感到了他们之间有一条不可逾越的鸿沟。她一面微微低着头，看着自己的脚，用阳伞敲打着地上的花草，一面扯着嗓子唱着，尝试了几个华彩经过句，还大胆地发了几个颤音。

他那么喜爱的她的小小的窄脑门，竟然如此空虚，空虚！里面只有这种八音盒似的拙劣的音乐，里面偶尔形成的思想也像这音乐一样拙劣。她一点也不理解他,他们比在一起生活以前还要貌合神离。他的吻只停留在她的嘴唇上,而不能触及她的心灵。

这时,她抬头看了他一眼,又微微一笑。他顿时心潮翻腾,在加倍的爱意中张开两臂,热情洋溢地搂紧她。

由于他在弄皱她的连衣裙,她终于挣脱出来;不过作为补偿,她小声说:"行了,我非常爱你,我的猫咪。"

但他还是搂着她的腰,带着她疯狂地奔跑;他吻着她的面颊、鬓角、脖子,一面高兴地跳跃着。他们气喘吁吁,倒在一个被夕阳的光芒照得通红的灌木丛下,交欢了。他们平静了下来,不过她并不理解他刚才为什么那样兴奋。

他们又手拉着手往回走;忽然,透过树木的间隙,他们看到那四个女人在河上驾的那只小艇。胖子波丽娜也看到他们了,因为她站了起来,在向玛德莱娜频频送着飞吻。接着她又叫喊:"晚上见!"

玛德莱娜也回答:"晚上见!"

保尔感到自己的心就像突然被冰包围了一样。

他们回去吃晚饭。

他们坐在河边的一个紫藤棚架下,静静地吃着。夜色降临的时候,有人送来一支放在球形玻璃罩里的蜡烛。摇曳的微弱烛光照着他们,不时听到二楼大厅传来划船手们的叫喊声。

快要吃餐后甜食的时候,保尔温情地拿起玛德莱娜的手,对她说:"我的心肝,我感到有些累;如果你愿意,我们早一点睡。"

但是她立刻明白了他的鬼主意,向他投来深不可测的一瞥,那是女人的眼里一闪即过的无情无义的一瞥。然后,她考虑了片刻,回答:"如果你愿意,你去睡吧;我呢,我已经答应了去'蛙泽'参加舞会。"

他苦苦一笑,就是那种人们用来掩饰最剧烈的痛苦的微笑;不过他用温柔而又伤感的语调继续说:"如果你真的对我好,就留在这儿,我们两人在一起。"她没有开口,而是用头做了个"不"的表示。他又恳求道:"别这样!我的小鹿。"但是她猛地打断了他的话:"你知道我跟你说过的。如果你不满意,门是敞开的,没有人拦住你。至于我,我既然答应了,我就要去。"

他把两只胳膊拄在桌子上,两手抱着头,待在那儿,痛苦地思索着。

永远大吵大嚷的划船手们又走下楼来。他们又登上船，前往"蛙泽"参加舞会。

玛德莱娜对保尔说："如果你不去，快决定，我就让这些先生中的一个带我去。"

保尔站起来，小声说："我们走吧。"

他们就动身了。

夜色深沉，满天星斗，到处回荡着灼热的气息，这气息中满载着热量、发酵的生物、萌芽的生命，掺杂到微风里，把风速也减缓了。黑夜好像那么厚实和沉重，将热乎乎的爱抚掠过人的面孔，让人呼吸更加急促，甚至有点上气不接下气。

小艇一齐上路了，每个船头都挂着一盏威尼斯灯笼。根本看不清船，满眼只有彩色的小风灯，迅速地移动着，舞动着，犹如癫狂的黄萤；人声在四面八方的黑暗中奔驰。

这两个年轻人的小艇缓慢地滑行着；每当一艘船从他们旁边经过向前冲去，他们会突然看到被灯笼照亮的划船手的白色的脊背。

他们一拐过河道转弯的地方，"蛙泽"就远远地呈现在前方。节日般的咖啡馆装饰着威尼斯灯彩，彩色长明灯组成的花环，一串串小灯泡垂着的光穗。几艘在塞纳河上缓缓游弋的大型平底船，用不同颜色的灯光呈现出圆拱顶、金字塔和复杂的纪念性建筑物的形象。闪亮的花饰一直垂到水面；有时，一根看不见的巨大钓鱼竿的顶上高挂着一盏红色或蓝色的风灯，就像一颗摇曳的巨星。

琳琅满目的灯饰向咖啡馆周围散放出耀眼的光芒，从上到下照亮了岸边的大树，在田野和天空的深黑色背景上勾画出淡灰色的树干和奶绿色的树叶。

由五名郊区艺人组成的乐队远远地送来低级酒吧的枯燥乏味、忽高忽低的音乐声，引得玛德莱娜又唱起歌来。

她想立刻就进舞场；保尔更希望先在岛上兜一圈，不过他不得不让步。

场内的人已经单纯多了，留下的几乎只有划船爱好者以及稀稀拉拉几个当地居民和几个有女孩陪在身边的年轻人。这场康康舞[①]会的组织者和负责人是个经营廉价公共娱乐的年老商人，他庄重地穿着褪了色的黑礼服，向四面八方转动

---

① 康康舞：起源于十九世纪初的一种法国民间舞蹈，在舞步和着装上都十分自由。

着他那憔悴的面孔。

胖子波丽娜和她的几个女伴都不在，保尔松了一口气。

人们在跳舞；几对男女面对面疯狂地跳着，旋转着，把腿踢向空中，几乎碰到对方的鼻子。

女人们的大腿像脱了节似的甩得裙摆飞扬，连里面的衬裙都暴露无遗；她们的脚那么轻而易举地就举过头顶，令人惊讶；她们晃动着肚子，扭动着屁股，抖动着乳房，向周围散发出女人流汗时的强烈气味。

男人们像癞蛤蟆似的蹲着，做出各种猥亵的动作，扭着身子，装着怪脸，丑陋不堪，两手撑地侧着身子翻跟头，或者做出各种滑稽动作，极尽所能地逗人发笑。

一个肥胖的女用人和两个男侍者给大家端饮料。

这座浮船咖啡馆只有一个顶棚，没有任何壁板与外面隔离，人们就面对着平静的黑夜和布满星星的天空，毫无遮拦地疯狂舞蹈。

突然，对面的瓦雷里安山仿佛亮了起来，就像山的后面发生了火灾一样。这亮光不断扩大，增强，逐渐侵入天空，描绘出一个淡白色的巨大光圈。接着，一个像铁砧上烧红的金属一样通红的东西出现了。这东西圆圆的，慢慢地增大，仿佛正在走出地球；一轮明月不久就从地平线脱颖而出，缓缓升向天空。它升得越来越高，它的紫红的色泽也随之减弱，变成黄色，一种耀眼的清澈的黄色；星辰也好像随着它的远去而缩小。

保尔久久地看着，完全沉浸在这凝神瞻望里，把他的小情人也忘了。等他转过脸来，她已经不见了。

他找她，但是找不到。他走过来走过去，用焦虑的目光搜寻着每一张桌子，向一个又一个人询问。可是谁也没看见她。

他正这样到处寻找着，心急如焚，一个侍者对他说："您找玛德莱娜太太吧？她刚刚跟波丽娜太太一起走了。"与此同时，保尔发现那个见习水手和另外两个漂亮的姑娘站在咖啡馆的另一头，三个人互相搂着，一边瞅着他，一边窃窃私语。

他顿时明白了,便像疯子一样,向岛上冲去。

他先向沙图方向跑,跑到平原前面又往回跑。他东奔西突,在浓密的荆棘丛里搜索,有时停下来侧耳细听。

周遭一片寂静,只听见癞蛤蟆短短的金属般铿锵的叫声。

布吉瓦尔那边,不知是一只什么鸟儿忽高忽低地发出几声啼鸣,因为是从远处传来,声音已经微弱。在广阔的草坪上,月亮洒下它像棉絮般柔和的亮光;月亮深入叶丛,让它的亮光在杨树的银色树皮上流淌,将它闪光的雨滴洒满大树战栗的树梢。这夏夜的醉人诗意,不管他愿意不愿意,进入保尔的肌体,穿透他的强烈忧虑,以残酷嘲弄的方式搅动着他的心,在他温柔而又爱凝思的心灵里,把他对在忠贞可爱的女人怀抱里的理想爱情的需要和热烈倾诉的渴望推向疯狂。

撕心裂肺的急促呜咽让他透不过气,他不得不停下来。

一阵剧烈的痛苦过后,

他继续往前走。

突然,他好像挨了一刀似的;在那边,一个荆棘丛后面,有人在拥吻。他向那儿跑去;那是一对情侣;两个仍然紧紧相拥、被依依不舍的吻连接着的人影,在他走近时急忙离去。

他不敢叫喊,因为他很清楚她不会回答;他也非常怕突然发现她们。

由短号的刺耳独奏、长笛的走调呐喊、小提琴的尖声怒吼拼凑成的四对舞小曲,折磨着他的心,加剧着他的痛苦。疯狂而又不合节奏的音乐在树林里回荡,随着风来风息,时而响亮,时而微弱。

他突然心想:她也许已经回去了呢?

是的,她已经回去了!为什么不呢?由于害怕失去她,由于一段时间以来他总是胡乱猜疑,他已经愚蠢地、毫无道理地失去了理智。

就像陷入极度失望的人偶尔会有的情况一样,他突然奇怪地安静下来;他又回到舞场。

他环视了一下大厅。她不在。他围着桌子转了一圈,突然,又面对面看到那三个女人。他脸上的表情一定是绝望又可笑，因为那三个女人不约而同开心地放声大笑。

他连忙逃到岛上，在灌木丛里乱窜，跑得气喘吁吁。——接着，他又侧耳细听，听了很久，因为他的耳朵嗡嗡响；最后，他相信听见稍远处发出他十分熟悉的轻而尖的笑声；他躬着身，拨开树枝，慢慢往前走，心跳得那么剧烈，气都喘不过来了。

两个声音在低声细语，不过他还听不清；接着，她们不说话了。

这时，他真想逃跑，真想看不见，不知道，永远逃跑，远离这折磨他的疯狂的情欲。他要到沙图去，乘上火车，不再回来，永远也不再看到她。但是她的形象突然进入他的脑海，他在思想里又看到她，早晨醒来，在温暖的床上，温存地紧挨着他，胳膊搂着他的脖子，披散的头发在额头有点蓬乱，眼睛还微微闭着，张着嘴唇迎接他的第一个吻；这突然而至的甜美回忆让他充满了疯狂的惋惜和强烈的妒意。

又有人在说话，他深深地弯着腰走近。接着，在附近的树枝下传来轻微的叫声。叫声！他在他们如胶似漆心荡神迷之际熟悉了的那欢爱的叫声。他再往前走，就像情不自禁地被什么吸引着似的，毫无意识地继续往前走……他看见他们了。

啊，如果另一个人是个男人该多好！但事实竟是这样！竟是这样！他被她们本身的卑劣惊呆了。他停在那里，心乱如麻，手足无措，就好像突然发现一个亲爱的人被肢解的尸体，一桩违反自然的伤天害理的罪行，一件污秽不堪的亵渎的丑行。

此时此刻，在不由自主的思想的闪光下，他想到了那条被拽出内脏的小鱼……

但是玛德莱娜小声说："波丽娜！"那声调和她喊"保尔！"一样。他肯定经历了剧烈的痛苦，他拼命地奔逃。

他撞到两棵树上，摔倒在一个树根上，爬起来又跑，突然到了河前面，明月照耀的那条湍流的河的前面。汹涌的河水形成一个个大的旋流，亮光在那里游戏。高高的河岸像悬崖一样耸立着，脚下是宽宽的晦暗的水带，听得到漩涡在黑暗中回响。

在河对岸，克鲁瓦西一座座村舍在普照的月光下重重叠叠。

保尔看着这一切，就像是在一个梦里，就像是在回忆一件往事。他什么也不想，什么也不明白；一切事情，甚至他的存在，在他看来都是模糊的、遥远的、已经忘却了，结束了。

河就在那里。他明白他在做什么吗？他想死吗？他疯了。这时他转向小岛，转向她；在夜的静静的空气中，低级舞场仍然执拗地奏着减弱了的舞曲，他用绝望的、异乎寻常的、尖厉的声音发出一声可怕的呼唤："玛德莱娜！"

他的惨烈的呼唤刺破广阔空间的寂静，在整个天际奔驰。

接着，他猛地一跃，像野兽一样蹿了出去，跳到河里。河水溅起水花又闭拢，从他消失的地方泛起一连串的大圆圈，把它们闪亮的波纹一直扩展到对岸。

两个女人听到了这声音。玛德莱娜抬起身子，说："是保尔。"她心里立刻冒出一个猜想。她说："他跳河自杀了。"她向河边冲

去，胖子波丽娜也跟着她跑过去。

一艘载着两个男人的沉重的平底渡船在原地转来转去。一个船夫划着桨，另一个船夫把一根大木棍插到水里，好像在找什么东西。波丽娜叫喊："你们在做什么？发生了什么事？"一个陌生的声音回答："有个男人刚刚跳河了。"

两个女人惊恐不安，身子互相紧紧依偎着，注视着那船上的人的一举一动。"蛙泽"的音乐声始终在远处欢快地演奏着，仿佛在有节奏地为黑暗中的船夫的动作伴奏；掩藏着一具尸体的河水，在月光下旋转着。

打捞在持续。可怕的等待让玛德莱娜瑟瑟发抖。过了至少半个小时，一个男人终于宣布："我找到他了！"他慢慢地、非常缓慢地提起他的长长的挠钩。接着，一个很大的东西露出水面。另一个船夫放下手里的两只桨，两个人一起用力，拖上来一个已经没有生命迹象的人的身体，把他翻滚到船里。

然后，他们寻找着一个低一点的亮处，把船划向岸边。他们靠岸的时候，两个女人也到了那儿。

她们一看到那具尸体，玛德莱娜就吓得直往后退。在月光下，尸体的皮肤已经发青，嘴、眼、鼻子、衣服上满是淤泥。紧攥的僵直的手指非常可怕。黑乎乎的稀泥浆糊满全身。脸好像肿了，肮脏的水从被淤泥黏住的头发里不停地流下。

两个男人审视了一下尸体。

"你认识他？"一个人问。

另一个人是克鲁瓦西摆渡的船工，迟疑了一下，说："是的，我好像见过这张脸；不过你知道，现在这个样子，不大好认。"接着，他突然惊呼，"这是保尔先生呀！"

"保尔先生是谁？"他的伙伴问。

前一个人接着说：

"这是保尔·巴隆先生，众议员的儿子；这小伙子可是个多情的人。"

另一个意味深长地补充道：

"那么，他现在停止谈情说爱了；他很有钱，这十分遗憾！"

玛德莱娜倒在地上，呜咽啜泣着。波丽娜走到尸体旁边，问："他确实死了吗？——没有希望了吗？"

两个男人耸了耸肩膀："噢！过了这么长时间！肯定死了。"

其中一个人接着问："他是住在格利庸饭店吗？"

"是的，"另一个人说，"得把他送回去，应该有赏钱呢。"

他们又登上船，划走了。因为流水很急，他们慢慢远去；又过了很久，从两个女人所在的地方已经看不到他们，只听到船桨落在水里有规则的响声。

这时，波丽娜把哭哭啼啼的可怜的玛德莱娜搂在怀里，温存地抚摸着她，久久地亲吻着她，安慰她说："你要怎么办，这又不是你的错，是不是？谁也拦不住男人们做蠢事。不管怎么说，他要这么做，这是他自作自受！"接着，她一边扶她起来，一边说，"算了，我亲爱的，回家睡觉吧，反正你今晚不能回格利庸了。"她又连连亲吻她，说："来，我们会让你乐起来的。"

玛德莱娜又站起来，虽然还哭着，但是哭声减弱了，把头俯在波丽娜的肩上，就像要躲避到一个更温柔、更可靠、更贴心、更可信的柔情中似的，迈着很小的步子走去。